Afrikanisches Schattenspiel

Für Godo

Olaf Müller-Teut

Afrikanisches Schattenspiel

Roman

Bibliografische Information der Deutschen Nationalbibliothek
Die Deutsche Nationalbibliothek verzeichnet diese Publikation in der
Deutschen Nationalbibliografie; detaillierte bibliografische Daten
sind im Internet über http://dnb.d-nb.de abrufbar.

© 2009 Olaf Müller-Teut
Satz, Umschlaggestaltung, Herstellung und Verlag:
Books on Demand GmbH, Norderstedt
ISBN: 978-3-8370-3374-8

1

Dr. Arndt war schon vor ihnen hier gewesen. Tete ahnte es sofort. Der Dorfälteste wich allen Fragen nach Traditionen, nach Masken, nach Tänzen aus.

Am frühen Morgen hatten sie Lomé verlassen, die Straße war wenig befahren, sie ließen sich Zeit, gegen Mittag besuchten sie den Markt in Kpalimé. Diese Farbenvielfalt, dieses ungewohnte Gemisch von Gerüchen betörten Angelika. Es war ihre erste Reise nach Westafrika. Später fuhren sie weiter, in nördlicher Richtung.

Kleine Imbissläden säumten die Straße, hier gab es auch Getränke, und Angelika war schon wieder durstig. Seit ihrer Ankunft aus Deutschland waren erst wenige Tage vergangen, die intensive Nachmittagssonne war sie noch nicht gewohnt. Tete, ihr afrikanischer Freund, fuhr langsam und hielt schließlich im Schatten eines hohen Baumes.

Dann schlenderte er gemächlich von der Hauptstraße in schmale, sandige Nebengassen, dort wo sich die quadratischen Lehmhütten eng aneinander schmiegten, wo neben traditionellen Häusern neue Gebäude aus Stein entstanden. Lebten hier noch alte Traditionen oder war die Großstadt zu nahe? Tete war skeptisch. Angelika blieb an dem Imbissstand stehen, wartete auf Tete und trank ihren Fruchtsaft in kleinen Schlucken.

»Wo kann ich den Dorfältesten treffen?«

Ein großer, schlaksiger Mann in Sandalen und mit einem dunkelroten T-Shirt blieb stehen: »Ihr könnt hier geradeaus weitergehen, bis zu dem runden Dorfplatz, dort treffen sich jeden Nachmittag die Alten.«

Tete begrüßte höflich den Dorfältesten. Acht Augenpaare sahen ihn an, neugierig, fragend. Sein modisches, blau gestreiftes Hemd, die verblichenen Jeans und die fast neuen Sandalen verrieten ihn. Ein junger Mann, der aus der großen Stadt kommt, der Ewe sprach, wie sie alle, aber dessen dunkles Gesicht nur wenig vom Wetter gezeichnet war.

Tete erzählte, dass er nach vielen Jahren in Frankreich und Deutschland nach Togo, seiner Heimat, zurückgekehrt sei. Er bemühte sich, unbefangen zu plaudern.

»Gibt es hier besondere Traditionen, die noch heute gepflegt werden?«

Die Antwort kam barsch, fast abweisend: »Wir halten nichts von Folklore-Vereinen, wir sind ein moderner Ort.«

Aber danach hatte Tete doch gar nicht gefragt. Das Gespräch schien zu stocken.

Schließlich fragte Tete ganz direkt: »Habt ihr kunstgewerbliche Artikel, die ihr verkaufen möchtet?«

Sie schwiegen. Minuten vergingen, dann raffte der Dorfälteste sein langes, beigefarbiges Gewand zusammen, erhob sich, holte aus einer bunten Stofftasche seine Sonnenbrille und setzte sich wieder auf die Holzbank. Mit leiser Stimme erzählte er, dass erst vor wenigen Tagen ein großer, hagerer Mann aus Europa gekommen sei, nicht jung, aber sportlich, sein schwarzer Bart zeigte noch keine grauen Haare. Die Begleiter, zwei jüngere Ewe-Männer aus Lomé, blieben die ganze Zeit im Jeep sitzen und hörten Musik.

»Aus ihm sprudelte ein Wortschwall, temperamentvoll, sein Französisch klang hart. Auch er wollte vieles kaufen, nur alte Dinge, Figuren und Masken, ja auch Musikinstrumente und Kalebassen mit geometrischen Mustern. Er fragte sogar nach ungewöhnlich verzierter Keramik, obwohl wir hier doch keine Keramikwerkstätten haben. Und wo sollen wir Masken her bekommen, wir hatten doch auch früher keine Maskentänze?«

Er schwieg wieder. Von den Hütten stieg der Rauch der Holzkohlefeuer in den abendlichen Himmel.

»Er sprach von einem Museum, da sei er wohl der Chief, und von einer besonderen Ausstellung: Afrika der Traditionen. Dafür wollte er alte Dinge sammeln. Auch er glaubte wohl, wir seien kein modernes Dorf. Wir konnten ihm nicht viel verkaufen, aber er bezahlte alles sofort in bar, ohne viel zu feilschen.«

Nein, keine wirklichen Antiquitäten, die gäbe es hier schon lange nicht mehr oder wenn, dann in sehr abgelegenen Dörfern oder vielleicht vereinzelt hoch im Norden Togos. Einige traditionelle Gebrauchsgegenstände hätten sie verkauft und wenige Kultobjekte. Natürlich nur solche, die ihre Spiritualität verloren hatten.

»Aber wie kann ein Europäer das auch beurteilen? Und nun kommst du, ein Afrikaner wie wir, und hast ähnliche Wünsche?«

Sie schüttelten ihre Köpfe und schwiegen erneut.

Tete versuchte, das Gespräch zu vertiefen, um möglichst viele Informationen zu erhalten.

»Und, habt ihr von einem Dorf der Schmiede gehört, dort, wo noch ein uralter Ahnenkult praktiziert wird?»

»Versuch doch nicht den Boden aller Dinge zu kennen.«

Es konnte nur Dr. Arndt gewesen sein, daran zweifelte

7

Tete nicht. Die Alten schienen von ihm beeindruckt, Tete hatte wohl auf sie wie ein Plagiator gewirkt. Schade, so schnell hatte er nicht mit Dr. Arndt gerechnet, dem Kustos eines Museums in Deutschland, den er vor Jahren in Paris traf.

An diesem Tag fuhren sie nicht mehr weit. Vor den Häusern des nächsten Ortes saßen die Alten, als warteten sie auf ein großes Ereignis. Die weiche Sonne des späten Nachmittags erschwerte das Atmen. Die Feuchtigkeit der Luft schien über ihnen zu schweben. Hier würden sie bleiben, rasten, plaudern.

Der Dorfälteste war bereit, sie für eine Nacht zu beherbergen. Er trug ein langes weißes Gewand, bunt bestickt. Eine kleine, saubere Hütte, fensterlos, mit einer harten Bettbank, würde reichen. Angelika musste sich daran gewöhnen.

Gastfreundschaft war auch hier selbstverständlich. Ein kleines Geschenk, eine halbe Flasche Whiskey, hob die Stimmung und wurde wohl auch erwartet. Aber sammeln, sammeln für ein Museum, konnte Tete nichts in diesem Dorf. Die Hauptstadt war zu nah.

2

Ich bin nervös. Heute, am Dienstagmorgen, ganz früh, fuhren wir von Lomé in Richtung Norden. Immer wieder schaue ich verstohlen auf Tete, der den Wagen steuert. Ich bereue nicht meine Entscheidung, die Semesterferien mit ihm in Afrika zu verbringen. Ich habe so etwas noch nie erlebt, dieses Anziehende, Faszinierende.

Sein fülliges Gesicht, basaltfarben, die hohe Stirn, seine glatte, faltenlose Haut, wie frisch geschält, werden jäh unterbrochen durch zwei fein ziselierte Stammesnarben, rechts und links, die bei seitlichem Licht markant wirken, sein Selbstbewusstsein betonen. Wenn er lacht, leuchtet sein Gesicht mit einem noch fast kindlichen, unverbrauchten Ausdruck. Dabei kann er doch so ernst sein. Aber wo gibt es noch einen Menschen, der sich so tief und unbeschwert freuen kann? Und der das Staunen noch nicht verlernt hat? Er ist nur wenig größer als ich, 30 Jahre alt, also einige Jahre älter, und so athletisch.

Ein Blick aus dem Wagenfenster, eine fremde Welt. Lange Reihen von Frauen in wiegendem Schritt kündigen wohl den Markttag an, von dem Tete sprach. Er parkt den viertürigen Renault unter hohen, staubbedeckten Bäumen. Die bellenden Hunde sind ungestüm, ich fürchte mich ein wenig. Es riecht nach Gewürzen. Die Marktstände sind mit großen einfachen Holzgerüsten überdacht, die Schatten spenden.

Der Markt von Kpalimé ist ein Dorado der Farben, der Töne. Er erscheint mir wie ein Teil eines Schauspiels, das zum Mitspielen auffordert. Die kräftigen Marktfrauen, wohl Ewe, wollen nicht nur verkaufen, plaudern, der Markt ist auch Mittelpunkt der Begegnung, des Wiedersehens, mit Freunden, mit Bekannten.

»Woe zo, e foa?« – »Willkommen, wie geht es dir?»

»Nun kommt schon, probiert meinen Maisbrei« – Fast aggressiv, dazu Pfeifen, Rufen.

Die Frauen tragen farbenfrohe Wickelkleider und Kopftücher. Sie hocken auf dem Boden, lachen, necken sich. Niemanden scheinen die Schwärme von Fliegen zu stören. Ich finde sie dagegen unangenehm, aber auch Tete beachtet sie nicht. Überall wird gefeilscht, um Preise, um Qualität. Duftende Früchte sind auf dem Boden gestapelt, Papayas, Bananen, riesige Avocados, Ananas, Mangos, Orangen. Daneben liegen Berge von Yams, Hirse, Mais und Süßkartoffeln, von Tomaten und Ingwerwurzeln. Eine Frau hat nur eine Handvoll Erdnüsse ausgebreitet, sie ist bestimmt sehr arm, aber auch sie lacht.

»Seid willkommen, willkommen.«

Zum Gruß schwenken die Frauen ihre Hände. Ich verstehe sie kaum, ein Sprachengemisch. Eine neue Welt, eine fremde Sprache.

Auch Tete ist durstig.

»Schau, Angelika, hier gibt es gekühltes Trinkwasser und frisch gepressten Orangensaft in Plastikflaschen. Du musst nur aufpassen, dass der Saft nicht mit Leitungswasser vermischt wird.«

Unweit der Imbissstände stehen Gruppen von Dorfbewohnern, die über irgendetwas sehr hitzig diskutieren, ganze Dörfer scheinen versammelt, ein geordnetes Chaos.

Eine besonders hitzige Kontroverse wird abrupt abgebrochen.

»Palaver beendet«, ruft der Älteste von ihnen. Es gibt keine Widerrede, er ist bestimmt so etwas wie eine Autorität.

Am Rande des Marktes, neben den Friseurständen, kauern große, hagere Haussa-Männer aus dem Norden des Landes. Mit ihren weiten Djellabas wirken sie imponierend. Geschickt und hartnäckig bieten sie Lederarbeiten, Amulette und einfache Holzschnitzereien an.

»Sannu«, rufen sie zum Gruß. »Fühlt ihr euch wohl?«

»Allah sei Dank.«

Ich finde viele Stücke interessant und schön, Tete will mich vom Kauf abhalten.

»Aber das sind doch keine Antiquitäten, die es sich lohnt zu sammeln. Erinnerst du dich der Haussa-Händler in Paris? Sie offerierten ähnliche Ware.«

Dann möchte ich von Tete mehr über die Haussa erfahren, die Männer sehen groß, geradezu stattlich aus.

»Die Haussa scheinen ein wanderfreudiges Volk zu sein.«

»Ja, und klug, mit viel Sinn für Poesie. Ihre wandernden Sänger sind wahre Dichter, sie begleiten ihre Texte auf zweisaitigen Zithern, Guremi genannt.«

»Sind sie alle Mohammedaner?«

»Schon lange, seit Jahrhunderten. Einst hatten sie ihre eigenen Staaten.«

Wir essen stark gewürzten Hirsebrei mit kleinen Fleischstückchen an einem Stand. Neben uns stehen zwei Bauern, deren Zähne von den vielen Kolanüssen geschwärzt sind. Einer von ihnen trägt eine geflickte Pudelmütze, und das in dieser Hitze. Tete übersetzt für mich auf Deutsch. Das

sei ein südlicher Dialekt, ähnlich dem in seinem Heimatdorf.

»Die Sonne glänzt heute noch intensiver.«

»Und du, hast du alles verkauft?«

»Gewiss doch, schon in der Frühe. Gutes wird dir aus den
Händen gerissen.«

Und dann sagt er zu Tete: »Kommt ihr von weit her?«

Tete erzählt von unserer kurzen Fahrt am Morgen.

»So, und du fährst weiter nach Norden. Aber warum,
dort spricht man doch nicht einmal deine Sprache.«

Zwei Frauen rauchen Pfeife. Neben dem Stand stehen
leere Transportkörbe für Hühner und viele Kalebassen.

Der Tag eilt davon, die Zeit wartet nicht.

Die Bauern verschwinden im Gedränge des Marktes.

»Nein, kein Bananenbier, wir müssen noch fahren.«

Tete trinkt kühle Kokosmilch, die erfrischt. Ich schwitze,
mein Kleid, meine Hände, alles warm und feucht.

Jetzt fahren wir weiter. Man spürt noch immer den
Markttag. Da drüben, auf der anderen Straßenseite, schrei-
ten Frauen mit Bergen von Yamswurzeln auf dem Kopf, mit
riesigen Bündeln von Feuerholz, unter denen sie ganz klein
wirken, mit Palmenzweigen, die sie in einen wandernden
Baum verwandeln. Eine trägt eine ganze Bank, eine andere fast ein Dutzend Emailleschüsseln, sogar eine Näh-
maschine. Ihr Gang ist so federnd, kleine, schnelle Schritte,
hoch und stolz ihr Kopf, welche Last, welche Plackerei. Ich
kann mich nicht satt sehen. Für Tete ist das ganz normal,
er schaut nur auf die Straße.

3

War es vor einem Jahr oder doch schon einige Monate früher, als Tete zufällig Dr. Arndt traf, damals in Paris, noch vor den Monaten in Hamburg, sogar noch vor der Zeit mit Angelika?

Von den Platanen tropfte es, gleichmäßig, melancholisch. Tete presste den Regenmantel fester an sich. Am Straßenrand neben dem Tabac de la Porte Dorée lagen nasse Zeitungsblätter. Heute schmeckte ihm weder Kaffee noch Apfelkuchen. Er war mit sich unzufrieden. Es regnete wieder stärker. Vor dem Kino versammelten sich Schutzsuchende. Die Spielautomaten im Restaurant klirrten. Er war nervös, trank seinen Kaffee hastig und ging wieder auf die nasse Straße.

Das Musée des Arts Africains et Océaniens empfing ihn mit sterilem Kunstlicht. Geschickt beleuchtete Statuen und Masken standen auf Podesten oder hingen an der Wand.

Für Tete personifizierten Masken andere Wesen, Tiere, Ahnen, auch Geister, gute und schlechte. Die Maske alleine war nichts als eine entseelte Form. Er vermisste die Kostüme und die Musik, nur so konnte die Maske leben. Tete suchte nicht nach ästhetischen Formen, sondern nach der Kraft, die die Maske versinnbildlicht, nach ihrer inneren Energie.

Achtlos stand eine Maske in der Ecke des großen Schaukastens, verstaubt, entweiht. Er starrte sie an, es war ihm, als starre sie zurück. Sie musste einmal Teil eines Rituals gewesen sein, sie verkörperte ein anderes Wesen, einst hatte sie ihr eigenes Ich. Nun war es verloren.

Tete erinnerte sich an Dorffeste in seiner Jugend, als er mit seinem Vater und dessen Brüdern über die Grenze in das nahe Benin fuhr. Nachts, wenn die Trommeln dröhnten, die maskierten Tänzer den Dorfplatz beherrschten, spürte, ja fürchtete er die besondere Energie der Masken. Vielleicht war er damals noch sensibler und ließ sich intensiver vom Irrationalen beeinflussen.

Aber was konnte er hier erwarten, in Paris, im Museum, hier wo andere Werte galten, wo doch nur der ästhetische Ausdruck bewundert wurde und das handwerkliche Geschick? Nein, die eigentliche Magie blieb verschlossen.

Tete ging langsam von Schaukasten zu Schaukasten, suchte nach Erinnerungen, die sich nicht einfinden wollten. Und dann, ganz unerwartet, fröstelte ihn, von innen heraus, er fühlte, als seien unwägsame Mächte um ihn, als lebten die Geister auch hier. Tete blieb stehen, drehte sich um, er war allein im Saal. Ungläubig schaute er auf die Masken. Waren sie durch besonders wirksame Zeremonien geweiht? Hatten sie doch noch einen Hauch der alten Kraft bewahrt?

Tete ging weiter, wie in Trance. Es hing doch vom Holz ab, ob gute oder böse Geister dominierten. Überwog hier das Böse? Für einen Moment fürchtete er seine eigenen Gefühle, seine eigene Phantasie.

Was hatte er gesucht, als er das Museum besuchen wollte? Doch wohl eher glückliche Erinnerungen, die sich nicht einfinden wollten. Nicht hier, nicht heute.

Draußen regnete es noch immer, leise, stetig. Die Tropfen wurden schwerer, seltener, Spiralen im Wasser des Lac Daumesnil. Er atmete tief.

Wieder im Tabac de la Porte Dorée, wieder dieser starke, schwarze Kaffee, oder sollte er doch schon ein Glas Wein trinken? Eigentlich war es noch zu früh, und am Nachmittag hatte er ein wichtiges Seminar an der Universität. Er wusste, er hatte sich schlecht vorbereitet und die Zeit der Prüfungen nahte.

Er litt unter dem Druck seiner Familie, den großen Hoffnungen und Erwartungen. Aber er hatte doch noch Zeit, er war zu jung, um schon in Kürze als Lehrer in die Heimat zurückzukehren.

Dann bestellte er doch noch ein Glas Rotwein. Er musste sich eben am Nachmittag besonders gut konzentrieren. Und dann, später, im Club seines Freundes Kwesi, würde er schon die melancholische Stimmung überwinden.

Nur wenige Tage später, erneut an einem trüben Tag, las er von einer Sonderausstellung, Kunst der Yoruba, Eintritt frei. Sollte er gehen? Waren es nicht doch wieder nur stumme Masken und Figuren, deren Magie, deren Kult ihm fremd waren, ohne Inhalt, nur Form? Schließlich ging er doch. Ein modernes Ausstellungskonzept, vielleicht könnte es ihm Anregungen geben.

Gedämpftes Licht, wenige Besucher. Am Eingang, im Halbdunkel, versammelte sich eine gemischte Gruppe von Interessierten, Engländer, Deutsche, Franzosen, ein oder zwei Inder. Kein anderer Afrikaner. Tete schloss sich der Führung an. Dämmrige Räume, grau umrahmte Schaukästen, die im Dreiminutentakt aufleuchteten. Masken wie Fossilien, starr, entwurzelt, in fremder Umgebung. Schwarze Masken an weißer Wand. Um sie zu begreifen, sollten sie leben.

Masken und Statuen aus dem harten, termitenbeständigen Holz des Kapokbaums waren auf dem Boden gruppiert, daneben befand sich ein nachgebauter Innenhof, ein königlicher Maskenraum, mit kostbaren Figuren und Masken mit Kaurimuscheln besetzt. Der junge Doktorand, der die Gruppe führte, war enthusiastisch:

»Yorubaland, das ist der westliche Teil Nigerias bis teilweise über die Grenzen Benins hinaus, früher aufgeteilt in mehrere semi-autonome Königreiche.«

Es folgten einige Sätze zur Geschichte, zum religiösen Hintergrund. Dazu klang Yoruba-Musik von Tonbändern – eine eigenartige, fast mystische Stimmung erzeugend.

Dann aber blieb Tete fasziniert stehen, ließ die Besuchergruppe vorbeigehen. Ihm war, als gerate er in ein konzentriertes Kraftfeld. Geschickt beleuchtet, starrten ihn Gelede-Masken aus Benin an, dem alten Dahomey, fast aus seiner Heimat. Er spürte die geheimnisvolle Dynamik der Masken, die einst die feminine Kraft zu lenken versuchten, die Dämonen vertrieben, Kult und Show zugleich.

Da waren Masken in kräftigem Gelb mit ausgeprägten Stammesnarben, daneben braune, glatte Gesichter und eine weiße Maske mit roten, weiblichen Lippen. Andere Masken hatten ockerfarbige Gesichter mit blauem Haar und trugen auf dem Scheitel ein geschnitztes Kokodil. Welch bunte Vielfalt, welche Phantasie!

Tete schloss die Augen, versuchte die Musik einzufangen, die Worte, die er nicht verstand, den Rhythmus, der ihm wie Feuer in die Beine stieg.

Es war ihm, als stände er wieder auf dem großen Platz nahe der Trommeln, den Takt der Musik mitklatschend. Fest der Yamsernte. Aus der Dunkelheit traten sie heraus, immer zu zweit, Gelede-Tänzer, barfuß, mit Masken, die sie flach auf dem Kopf trugen. Hier dominierte Lebensfreude, ein munterer Wettkampf der Masken, der Phantasie, des Einfallsreichtums.

Er sah sie vor sich, die farbenfrohen Kostüme, mit blauen, grünen, gelben Ornamenten, mit Kaurimuscheln, er hörte die rhythmischen Rasseln der Fußringe, die Trommeln, die Xylophone, das Pfeifen, empfand wieder die mystische, die ausgelassene Atmosphäre.

Auch erinnerte er sich der humorigen Lieder, mit denen die Maskenträger die Dorfbewohner verspotteten, ihre Liebesaffären, ihre Missgeschicke, sogar politische Missstände und Korruptionsaffären. Niemand war sicher vor ihrem Spott, ein Wettkampf der Maskenschnitzer und der Tänzer.

Tete lächelte, ohne es zu merken. Sein Lächeln aber traf ein junges Mädchen, das konzentriert auf einem Hocker saß, einen Zeichenblock auf den Knien, die großen braunen Augen auf die Wand gerichtet. Er sah die Augen, zunächst nur die Augen, sie sah ihn an, langes schwarzes Haar, enger schwarzer Pullover, Jeans, Turnschuhe, brauner, dunkelbrauner Teint.

»Sie zeichnen Masken?«

Sie nickte, errötete leicht.

»Das sind Gelede-Masken, aus dem Südwesten des Yorubalandes. Sie folgen keiner starren Tradition, die Tänzer wollen belustigen und manchmal verspotten.«

Das Mädchen schwieg.

»Sind Sie Französin?«

»Nein, Brasilianerin, aus Salvador …« – »… aus Bahia«, fügte sie hinzu.

Ihr Französisch klang melodisch, und überakzentuiert.

Und, als müsse sie sich entschuldigen: »Wir haben daheim ähnliche Feste, mit Masken, die denen der Gelede ähneln.«

Tete wollte den Bann der Verlegenheit brechen, mit ihr Tee trinken, Fragen stellen, ihr zuhören.

Dann aber kam die Ernüchterung: »Ich muss mich beeilen, entschuldigen Sie, meine Familie wartet im Restaurant. Nur noch einige Skizzen, vielleicht als Vorbilder, Ideen – ich weiß es noch nicht.«

Tete sah ihr nach.

4

Im nächsten Raum blieb Tete überrascht stehen. Diese alte Nok-Plastik aus Keramik, aus dem Nigeria vor der Zeitrechnung, ähnelte sie nicht verblüffend den modernen Masken des Egungun-Kults? Waren da nicht der gleiche Ausdruck, der gleiche lebendige Mund, die gleichen Augen?

Er suchte einen Stuhl und fand eine gepolsterte Sitzbank. Er wusste nicht warum, aber er zitterte am ganzen Körper.

Der alte Wärter fragte mitleidig: »Fehlt Ihnen etwas?«

Sein dunkelgrauer Anzug war verschlissen, aber seine Schuhe glänzten im Kunstlicht. Tete wollte, konnte seine Gefühle nicht beschreiben.

»Nein danke, es ist freundlich von Ihnen, aber draußen war es kühl und nass, ich muss mich noch ein wenig aufwärmen, es geht schon wieder.«

Er war zwölf Jahre alt, oder dreizehn. Genau konnte er sich nicht mehr erinnern. Ende April, abends im Yorubaland in Benin. Nachmittags hatte es begonnen. Zunächst die Trommler, mit ernsten, unbewegten Gesichtern, dann die Egungun-Masken, die durch das Dorf tanzten, Masken, die den Geist der Ahnen beschworen, freundliche und schreckliche, die Grausamkeit und Schönheit symbolisierten. Kostüme aus Stoff bedeckten Gesichter und Füße, die

Identität der Maskenträger war geheim, uralter Kult der Geheimbünde. Es war unheimlich. Tete hockte hinter der braunen Lehmmauer. Dort würden die Masken ihn nicht bemerken, denn eigentlich durfte er sie nicht sehen. Er war nicht initiiert.

Für Tete war alles fremd, farbige Masken, die sich drehten, die sprangen, liefen, kreisten, ein bunter Wirbel der Farben. Die einheimischen Jungen erzählten, dass die Maskenträger die Nacht im Busch verbracht hätten, an dem geheimen Platz der Masken, den niemand betreten durfte. War der Atem Verstorbener in die Tänzer gedrungen, die Macht zu richten, das Gemeinschaftsleben zu regeln, Recht zu sprechen? Waren die Masken Gott näher?

In seiner Erinnerung dominierte die Furcht. Drangen ihre rauhen, flüsternden Stimmen direkt aus dem mystischen Reich der Geister? Die Ahnen zu beruhigen, die Lebenden zu unterhalten, so hatte man es ihm erklärt. Selbst die Akrobaten, die ihre Glieder beliebig zu formen vermochten, die belustigen, die unterhalten wollten, konnten seine Unruhe nicht dämpfen.

Und dann war es ihm, als erwache er. Tete spürte die Magie der Masken um sich. Sie waren mehr als Holz, mehr als Stoff, sie waren so etwas wie lebendige Materie, geweihte geheimnisvolle Medien, Masken des Kults, keine simplen nachgeschnitzten »Lagos-Masken«, keine seelenlose Formen. Nein, hier atmeten Magie und Kraft.

Ihm war, als höre er den Rhythmus der kleinen Glocken am Kostüm der Tänzer, auf und ab, den athletischen Bewegungen folgend, ihm war, als sehe er das Spiel der bunten Wolltroddeln, die von der Taille hingen, die magischen Lederstreifen und Medizinbehälter verdeckend, wieder enthüllend, verdeckend. Erinnerungen leuchteten auf, wurden klar, hell. Ein Maskenspiel, die Ahnen, Verwandten, die Tiere des Waldes bevölkerten den Dorfplatz. Staub wirbelte auf. So also sprachen die Ahnen. Wusste er, was geschah? War das wichtig?

Verstehen, verstehen, warum? Du musst es erleben, dich treiben lassen, von Gefühlen. Die Augen schließen und nur dem Rhythmus leben, dem dumpfen Dröhnen des Tam-Tams, Schweiß, rhythmisches Stampfen, immer im Kreis, im magischen Kreis, stundenlang, eine ganze Nacht, irgendwann dann, viel später, totale Erschöpfung, aber glänzende Augen. Tief einatmen, so tief, dass für Sekunden die Augen flimmerten. Darüber sprechen hieße, den Zauber zu entweihen.

Am Anfang der Welt war die Trommel, und Gott schuf den Rhythmus. Und die Trommel verkündigte Taten und Geschehnisse über Jahrhunderte, oder waren es Jahrtausende? Im Rhythmus bewegten sich der Mensch und der Klang und das Lied. Und mit dem Lied kamen die Geschichten, die Verse, Zauber neuer Dimensionen.

Und irgendwann kam auch die Furcht, nachts im Dunkeln, im Einsamen. War seine Jugend immer so unbeschwert? Er sah ihn vor sich, Amegavi, den Medizinmann seines Dorfes, glatzköpfig, mit starken Stirnfalten und dunklen Schatten unter den Augen, das Gesicht stets ernst und wie meditierend nach unten gezogen. Die Stirn dominierte den sinnlichen Mund. Sein langer blauer Umhang drückte Würde aus. Seine Worte waren mahnend: »Höre, wenn dich jemand mit Rache treffen will, so sorge beizeiten für den Gegenzauber. Denn nur die Alten, Gebrechlichen sterben eines natürlichen Todes.«

So jung war er, so beeinflussbar. Sein Vater wurde zum Leitbild, er nahm sich immer Zeit, wenn er mit Fragen zu ihm kam. Er wusste so vieles, Erfahrung, Ruhe und Sanftmut, das Gefühl innerer Stärke.

Tete saß noch immer auf der Sitzbank nahe der Nok-Figuren. Er hatte ihn nicht gesehen. Unerwartet sprach ihn ein großer, drahtiger Herr im grauen Pullover an. Dr. Arndt, so stellte er sich vor, Richard Arndt, aus Deutschland, Kustos eines Museums einer kleineren Kreisstadt, er suche Anregungen für eine Ausstellung, West-Afrika, das traditionelle Afrika den Besuchern näher zu bringen, einige Schaukästen, geschickt beleuchtet, Musik vom Band, wie in dieser Ausstellung, was meinen Sie?

Tete blickte zu Boden, Schaukästen – kann man so den Besuchern die Seele der Masken näher bringen? Künstlerischer Ausdruck, das war doch wieder nur westliches Denken.

Eine große Ausstellung vorzubereiten, brauche Zeit, ein Jahr oder noch länger, so vieles müsse arrangiert werden, Schautafeln gestaltet, Räume renoviert. Dr. Arndt hielt inne.

»Und dann sollte ich natürlich reisen, vor Ort Masken, Figuren, Traditionelles sammeln. Wo kommen Sie her, ach ja, aus Togo, auch Ihr Land werde ich besuchen.«

Tete sagte wenig, innerlich brodelte ein Feuer. Ein Museum, auch sein Traum, aber als lebendiges Glied der Kultur in seiner Heimat, nicht hier in Europa, nein. Seinem Volk das ureigene Erbe zu bewahren, als Erlebnis, als Teil des Lebens, als Rückbesinnung trotz oder gerade wegen der heranbrausenden Moderne.

Viele Abende, ja halbe Nächte hatte er diskutiert, mit Kwesi, mit anderen afrikanischen Freunden und Kommilitonen. War es nicht wichtig, Traditionen zu bewahren, gelöst von der Wucht der Moderne, den Zwängen der Tagespolitik?

Das bedeute keinen Rückfall in alte Zeiten, denn was hatte ihn Europa gelehrt: Traditionen können Kraft vermitteln, Kraft und Sebstbewusstsein, sie dämpfen nicht den Fortschritt. Und: Afrikas Geschichte darf nicht verdrängt werden. Erst hier, in der Fremde, inmitten einer fremden Kultur, hatte er sein kulturelles Herz für sein Heimatland entdeckt.

Er wusste, auch er musste reisen, nach der Begegnung mit Dr. Arndt vielleicht viel früher, als er beabsichtigte.

Durch die Plastikjalousien sah er hinaus auf die Bäume, auf den Eiffelturm im Regendunst. Tete ging. Vor dem Café du Trocadero hatten Haussa-Händler sterile, maschinengedrechselte afrikanische Figuren auf einer braunen Decke aufgereiht und notdürftig mit einer Plane bedeckt. Am Eingang des Restaurants Le Totem stand eine Gruppe Ausländer mit Regenschirmen.

Später, viel später versuchte er Angelika von diesem Tag, diesen Gefühlen zu erzählen. Aber was können Worte schon vermitteln.

5

Es ist noch früh am Morgen, die Erde riecht schwer und sumpfig, ich glaube das Wetter schlägt um. Tete wollte im Morgengrauen losfahren, die Route ändern, die große Straße verlassen und in Dörfer fahren, die abgelegen sind und schwer zu erreichen.

»Angie, ich hoffe, dass Dr. Arndt holperige, sandige Wege meiden wird.«

Am Straßenrand trocknen Berge von Kakaobohnen. Frauen und Männer mit gebeugten Rücken wenden die Bohnen mit großen hölzernen Schaufeln. Sie schwitzen in der schattenlosen Gleiße und singen rhythmische Lieder, wohl um sich gegenseitig anzufeuern. Es ist heiß im Auto, immer wieder wische ich mir den Staub von der Stirn.

Tete fährt viele Umwege über staubige Pfade, um Schlaglöcher zu umgehen. Ich werde auch so durchgeschüttelt, die Fahrt ist anstrengender, als ich dachte.

Die Landschaft verändert sich. Links und rechts des Weges sehe ich geheimnisvolle Granitfelsen inmitten lichter Teakwälder.

»Das ist die Heimat der Geister«, sagt Tete.

Es wird Nachmittag, eine leichte Brise weckt die erschlaffte Luft, die Felsen wispern unendliche Verse, so als erwachten sie aus tiefen Träumen.

Wir nähern uns einem Dorf, einem großen Dorf, fast

schon einer kleinen Stadt. Sandige Hügel der Maniokfelder weisen den Weg. Die schmale, staubige Straße öffnet sich dem Rund der Strohhütten und wenigen Steinhäusern. Schade, hier dominieren triste Wellblechdächer, wahrscheinlich stabil und schnell errichtet, aber wenig attraktiv für das Auge, und bei Regen dürften sie dröhnend laut sein.

Die Schwüle des Nachmittags drückt auf die Stimmung. Auch Tete spricht kaum. Hier ist nichts zu spüren von den frischen Felsenwäldern. Weberschiffchen klappern, stampfende Mörser kündigen den Abend an.

Wir sind beide durstig, verstaubt und müde. Ich hatte so sehr auf Abkühlung, auf Regen gehofft. Vergeblich. Tete meint, der Regenmacher hätte keinen Palmwein, kein Bier, kein Hühneropfer erhalten. Manchmal verblüfft mich seine Naivität. Ich bin mir nicht sicher, ob er wirklich so einfältig ist oder mir nur die Gedanken der einfachen Menschen in den Dörfern näher bringen möchte. Wenn er so mit mir spricht, macht er ein ganz ernstes Gesicht.

Die Wolken stehen bleiern am Himmel, groß, weiß und regungslos. Schwerer Blütenduft berauscht mich.

Im Schatten eines gewaltigen Baobab-Baums, mitten auf dem Dorfplatz, bereitet sich eine reisende Theatergruppe auf eine »Concert Party« vor, die Musik und Satire verbinden soll.

»Angie, das wird ein fröhliches Fest für das ganze Dorf.«

Wie an großen Markttagen sitzen »Bonnes Femmes« unter Sonnenschirmen und bieten Paté an, aus Mais und Maniok mit verschiedenen Fleisch- und Gemüsesoßen, und leckere Kolikon, Yam Chips. Daneben drängen sich Frauen und Männer vor den Ständen mit hohen Canari-

Tongefäßen und trinken Hirsebier aus Kalebasseschalen. Wir sitzen auf einer Holzbank am Rande des großen Palaver-Platzes und probieren das Hirsebier. Es schmeckt mir, ich bin ja so durstig. Langsam weicht meine Müdigkeit. Hier ist ein reges Kommen und Gehen, Besucher vieler Dörfer begrüßen sich laut, fröhlich, eine nicht enden wollende Zeremonie.

Stelzentänzer, bis zu fünf Meter hoch, kündigen das Ereignis an. Dort also, auf der flachgestampften rotbraunen Lateriterde des großen Platzes, soll die Aufführung beginnen. Eine Kulisse gibt es nicht, Bänke, Stühle, Tische, einige Werkzeuge, geschickt aufgestellt, um eine Werkstatt anzudeuten, drapierte Stoffe – selbst ich weiß sofort, das ist die Stadt, die große Stadt.

Zum Auftakt erklingt »Highlife«-Musik, elektrische Gitarren, Trommeln, eindringlicher Rhythmus, in den Dörfern wohl noch immer populär.

»Dieses Leben, dieses Leben, dieses Leben,
dieses Leben ist wie ein Spiegel, haltet es fest,
dieses Leben ist wie ein Spiegel, haltet es fest.
Wenn du das Leben nicht festhältst,
zerfällt es und zerschellt.
Wenn du es nicht sorgfältig pflegst,
fällt es und zerschellt.
Dieses Leben, dieses Leben, dieses Leben.«

In der vordersten Bankreihe sitzen die Alten, umtollt von lachenden Kindern. Die Frauen hocken ganz hinten, beleben die Aufführung mit ihren Trillerpfeifen. Eine ungezwungene Atmosphäre, man sitzt, steht auf, um besser zu sehen, setzt sich wieder, als spiele man mit. Alle wollen ihren Spaß. Tete flüstert mir zu, dass jeder das Stück kenne, dennoch, es sei immer wieder lustig, und man lache so gerne.

Ein junger Mann aus einem Dorf kommt in die große, korrupte Stadt, noch orientierungslos, und gerät in einen chaotischen Strudel vieler, rasch wechselnder Freundinnen.

Die Kostüme akzentuieren die Handlung. Der junge Mann trägt ein traditionelles dörfliches Gewand, sein städtischer Onkel eine westliche Jacke, einen Kugelschreiber im Haar und eine überdimensionierte Hornbrille.

Die Frauenrollen werden von Männern gespielt, oder sind es Transvestiten? Ich habe Mühe, das zu unterscheiden. Ihre Eifersuchtsszenen, ihre Streitigkeiten sind so realistisch, dass die Zuschauer Partei ergreifen, durch Zurufe Ratschläge erteilen, helfen wollen, immer wieder die Schauspieler korrigieren.

Es ist laut und lustig. Auch ohne die Sprache zu verstehen, kann ich der Handlung leicht folgen.

Dann erfüllt erneut »Highlife«-Musik den weiten, staubigen Platz. Ich glaube, die Aufführung ist beendet. Die Zuschauer toben vor Begeisterung, schwingen Taschentücher, eilen zur improvisierten Bühne und schütteln den Schauspielern die Hände.

Tete schlägt vor, dass wir in diesem Dorf übernachten und erst am nächsten Tag weiterfahren. Es ist spät geworden. Tete gelingt es, eine Gasthütte für uns zu organisieren. Sie ist sauber und liegt neben einer kleinen, spitzen Vorratshütte, unweit der großen Hütte des Medizinmanns mit dem Antilopenfetisch vor der Tür. Ich bin erschöpft und so müde.

Schon halb im Unterbewusstsein höre ich die »Highlife«-Rhythmen, sie verdrängen das abendliche Grillenkonzert, an das ich mich schon gewöhnt habe. Die unheimlichen Geister der Granitfelsen haben sich verkrochen, das Dorf lacht und lacht.

6

Wie schön war doch dieser Morgen, die Luft schien fast transparent, ein schwerer, süßer Duft lag über den Hügeln am Rande des Dorfes. Irgendwo hatte Tete gelesen, oder hatte man ihm das erzählt, dass der Duft der Blumen und Pflanzen ein Ausdruck ihrer Gedanken sei. Setze dich hin auf die Erde vor Gott, staune und danke.

Er fühlte sich eins mit dem Universum, im Gleichgewicht mit der Natur, mit den Menschen, den Pflanzen, seinen Ahnen, mit sich selbst. Und das Universum war ein Trommelwirbel, alles war Klang, war Schwingung. Die Sonne ging auf, und der Tag erstrahlte.

Tete dachte an seinen Plan, ein lebendiges Museum zu schaffen, mit Masken, mit Tänzen, mit Musikern, mit Filmen. Vielleicht käme später auch einmal ein Freilichtmuseum dazu, wie in Jos in Nigeria oder Parakou in Benin, mit typischen Hütten verschiedener Regionen und lokaler Musik, eine Symbiose von Lebensart, Tradition und Neuzeit.

Wie häufig hatte er schon in Paris davon geträumt!

In Paris trafen sie sich immer wieder, Tete und Angelika, im Café de Cluny am Boulevard St. Germain, bei einer Tasse Kaffee, bei einem Eis. Behutsam lernten sie sich kennen. Und dann waren da die langen, lauen Sommerabende mit Angelika in Ottensen und im »Cliff« an der Außenalster in Hamburg. Das Thema ließ ihn nicht los.

Die Pariser Ausstellung, so faszinierend, berauschte ihn, lange Abende, halbe Nächte, erfüllt von Ideen und Träumen. Man muss Masken in Bewegung zeigen, als Ganzes, mit Tanz, mit Musik, man muss durch sein Land reisen, traditionelle und kunsthandwerkliche Gegenstände sammeln, registrieren, darstellen.

Angelika barg ihren schmalen Kopf zwischen ihren weichen Armen, sah ihn an, ihre Stirn in Falten, ihr sinnlicher Mund halb geöffnet. Sie hörte ihm zu wie noch keiner seiner Freunde, seiner Kommilitonen, hingerissen von seinem Temperament zwischen Spontaneität und Sanftheit. Er liebte ihre einfarbig-engen Pullover, rot, schwarz, gelb, ihr langes blondes Haar.

Sie wurde sein Anker, seine Freunde wurden ihre Freunde. Die Abende wurden länger, immer erfüllter, das Leben zur Hoffnung. Es geschehe, also geschah es.

Monate würde es dauern, den Traum zu realisieren. Er hatte Ersparnisse, aber reich war er nicht. Und, wie man in Ghana sagt, jeder, der einen Baum besteigen will, muss am unteren Ende beginnen.

Dann gab es wieder Zweifel. Würden ihn seine Eltern, seine Freunde verstehen? Zu sammeln, zu lehren und Schritt für Schritt ein Museum aufzubauen? Afrika hat doch so viele andere, ernste Probleme. Hatten nicht sein Vater, sein Clan, sein Dorf so viel in seine Ausbildung als Lehrer investiert, ihre Hoffnungen in ihn gesetzt?

»Das Wissen der Welt sollst du essen, zum Wohle der Gemeinschaft.«

Hatte man nicht ein Recht, etwas von ihm zu erwarten, die westliche Bildung mit der abgeklärten Weisheit seiner Heimat zu verbinden?

Manchmal kamen auch Ängste. Erwartete man nicht

zu viel von ihm? Ja, lehren wollte er auch, Mathematik, Geschichte, Geographie, auch darin sah er seine Mission. Konnte er das alles miteinander verbinden, seine Träume, seine Pflichten, seine Ziele?

Angelika war ihm Partner, Trost und Hoffnung. Während er seine Seminare besuchte, saß sie stundenlang in der Nationalbibliothek und las und lernte über seine Heimat. Und bald nannte er sie liebevoll Angie.

Tete lief zurück von den Hügeln in das große Dorf, um Angelika zu wecken. Er wusste, daß er noch viele Monate brauchen würde, um eine ausstellungsreife Sammlung aufzubauen, die Basis für ein Museum zu schaffen. Dr. Arndt hatte ähnliche Ziele, mit ganz anderen finanziellen Ressourcen, er könnte schneller sein, die besseren Sammelstücke erwerben.

Angie fand die richtigen Worte, um ihn zu ermutigen.

»In Chandigarh, im Norden Indiens, hat ein Beamter in freien Stunden eine kleine Wunderwelt aus Abfällen, aus alten Dosen und Glasscherben erschaffen. Ganze Landschaften entstanden, Fabelwesen, Wasserfälle an Felsen. Viele Jahre brauchte er, zunächst alleine, später halfen Freunde. Der Wille hilft, Wunder zu schaffen. Auch du hast deine Chance.«

Sie lächelte ihn an, ein reines, klares Gesicht wie dieser schöne, tröstliche Morgen.

Etwas später dann trafen sie den Ältestenrat des Ortes. Tete grüßte auf traditionelle Weise: »Seid gegrüßt, lebt lange, lebt lange, bis ins hohe Alter,

habt Glück, viel Glück,

lebt bis ins hohe Alter.«

Er fand Verständnis für sein Anliegen. Hatte nicht einer von ihnen eine Reihe alter Musikinstrumente, die sie nicht mehr benutzten? Hatten sie nicht kunstvoll verzierte Kalebassen und alte, symbolträchtige Tücher in bunten Farben? Angie wählte Tücher und Kalebassen, Tete prüfte sorgfältig Xylophone, Belafons und Djembe-Trommeln. Sie brauchten nicht zu feilschen, die Preise waren gerecht.

»Gibt es in der Nähe Dörfer der Schmiede?«

Nein, sie lägen weiter im Norden.

»Habt ihr von einem ungewöhnlichen Ahnenkult gehört, einem alten, geheimen Ritual?«

»Kukulu-kukulu, das ist doch nur eine Fabel. Aber wenn ihr in den Norden kommt, könnt ihr die Schmiede fragen.«

Sie gingen durch das Dorf, heiße Ruhe des Mittags. Selbst die Ziegen und Hühner schienen innezuhalten. Ein sandiger Weg ohne Namen führte an den Dorfrand, Fetischfiguren standen im Sand, der Weg verlor sich in den Maniok- und Maisfeldern und dann irgendwo im Busch. Um einen kleinen Tempel schwirrten Feuerfliegen.

Die ersten Stücke der Sammlung waren schnell im Wagen verstaut. Sie würden weiterfahren, suchen, analysieren, studieren.

»Ich bin glücklich, Angie.«

Sie starteten in die Hitze des Mittags.

7

Die Straße wurde schlechter. Sie passierten einen farbenfroh bemalten LKW, der mit einer Landschaft von Bäumen und Blüten grüßte und den ermutigenden Worten »Gott segnet« und »Frieden«. Sie gewöhnten sich an die Rillen, das Auf und Ab der harten, unregelmäßigen Lateritpiste, an den roten Staub. Tete musste die Geschwindigkeit immer wieder den Wellen der Straße anpassen. Gelegentlich raste ein Buschtaxi vorbei, mit überhöhtem Tempo.

Fliegen klatschten an die Windschutzscheibe, das aufbrausende Konzert Hunderter von Fröschen klang ins Wageninnere, sobald sie die Fenster öffneten, kündigten den Regen an. Und dann kam er, plötzlich, so heftig, dass sie kaum die Straße erkennen konnten.

Die Straße wurde zur Schlammpiste, rot verkrustet, alle Konturen verloren sich, Farben verwandelten sich in stumpfes Grau, die Bremsspuren wurden länger.

Sie fuhren in einen Geisterwald. Der Regen prasselte auf den glitschigen roten Boden. Dunstwolken in gespenstischen Formen versperrten die Sicht, Dampf stieg empor, bizarr sich wandelnd, schwebend, weißer Dunst, der plötzlich im Licht des Wetterleuchtens erstrahlte.

Sie hielten an, atmeten Grüne und Feuchte. Und überall war Laub, grünes Laub, und noch mehr Laub, und Feuchtigkeit, und dieser klamme, drückende Geruch, hinabziehend, erdwärts. Als der Regen nachließ, blieb die feuchte Stille.

Irgendwann aber ertönte ein anschwellendes Rauschen, hoch oben blockte die Blättermauer den erneut beginnenden Regen. Es donnerte, grollte, und dann nur grelles, gespenstisches Leuchten, immer wieder, immer wieder.

Links und rechts der Straße reckten sich hohe, seltsame Bäume, bizarr geformt, mit riesengroßen grünen Hüten. Tete war, als höre er das Wachstum, verführerisches, üppiges Leben. Ihm war, als lauschten die Pflanzen seinem keuchenden Atem. Wundersame Welt der Pflanzen, ungeahnte Kräfte, nur ihnen verdanken die Medizinmänner ihre Kraft zum Guten, zum Bösen. Modernde Pflanzen, Pilze, Insekten, eine schwere, trunkene Luft.

»Lass uns weiterfahren, Tete.«

»Ich komme.«

Angie hatte sich an die Wagenseite gekuschelt. Sie lutschten leicht säuerliche Kakaobohnen, um frisch zu bleiben. Als der Dschungel sich etwas lichtete, hörten sie das Gekreisch der Affen.

Sie überquerten einen schmalen Fluss, stoppten am Ufer und freuten sich über Schwärme großer, bunt schillernder Schmetterlinge. Nach dem Regen umfing sie absolute Stille. Das Wasser wirkte hart und schwer, der Boden entließ keuchende, irdene Gerüche, die in der windlosen Luft zu stehen schienen. Kleine Tümpel verdampften am Rande der Straße.

Dann aber bebte das Wasser, ein schwerfälliges Krokodil glitt fast unbemerkt in die trübe Nässe. Angie und Tete waren allein mit der Natur, der Fluss hauchte Heiligkeit. Fast schien es, als seien die Krokodile ihre Totems, könnten ihnen nichts antun.

»Tete«, Angie sprach ganz leise, »schon die alten Ägypter haben Krokodile verehrt.«

Sie fuhren weiter, der Weg folgte den Biegungen des Flusses. Die Sonne schien steil und farblos auf warmes, besonntes Wasser. Der Tag verdampfte, Stunde um Stunde, die Sonne sog die Feuchtigkeit aus den Blättern der Bäume, die Pflanzen lachten nicht mehr, dufteten nicht mehr, Müdigkeit überkam das Land.

Ein einsamer Fischer sang ein Lied des späten Nachmittags. Er drehte sich unmerklich nach rechts und entfaltete mit einem harten Schwung sein Netz auf dem Wasser des Flusses.

Die Bäume nahmen Staub an, die Windschutzscheibe hatte einen rötlichen Schleier, den die Scheibenwischerblätter nicht fassen konnten. Lichterer Wald, immer mehr in Plantagen übergehend. Die Farben wurden weich, schwül, Konturen verblassten.

»Siehst du den großen alten Kapok-Baum mit den weißen Tüchern um den knorrigen Stamm, mit den Opfergaben für den Geist des Baumes? Wir verehren diese großen ehrwürdigen Bäume. Und dort, schau, ein Mangobaum, der wohl Dutzende wohlmeinender Geister beherbergt.«

Das Land war besiedelt. Sie aßen Kekse, fuhren langsamer.

Ein anderer Ort, andere Gerüche.

Zylindrische Lehmhäuser mit roten, weißen oder schwarzen Ornamenten an den Wänden, Umrisse von Trommeln, von Werkzeugen, von Dreiecken oder geschwungenen Linien. Vor den Häusern lagen zauberkräftige farbige Steine. Auf den Türschwellen waren Kaurimuscheln eingelegt, die Eingänge der Häuser mit Strohmatten verschlossen.

Etwas abseits vom Zentrum zeugten moderne quadratische

Lehmhäuser von der neuen Zeit. Die geweißten Wände zierten bunte Bilder, wohl aus Büchern kopiert. Ein Néréüberzug sollte vor dem Regen schützen. Wellblech ersetzte Strohdächer. Es war ein Ort, in dem Moderne auf Tradition traf.

Tete stieß auf Zurückhaltung, auf Skepsis, bedeutete Angie, im Hintergrund zu bleiben, sich nicht in die Gespräche einzumischen. Hier waren sie Fremde. Sie fühlten das Fremde.

Viele der Häuser waren mit Bogen aus Palmwedeln vor dem Bösen geschützt, und siehe, dort stand sogar eine Agbaje-Figur, ein Nagelfetisch, eine Holzfigur, in die glühende Nägel geschlagen waren, um einen Wunsch zu erfüllen oder eine persönliche Rache zu verwirklichen. Es war offensichtlich, hier herrschte der Medizinmann, hier dominierten Beschwörung und Psychologie.

Am Rande des Dorfes standen bewachte Fetischhütten. Mit Rotholzpulver bemalte männliche Statuen schienen magische Kräfte zu vermitteln, sie sollten vor Geistern und wohl auch Fremden schützen. Tete und Angie konnten sie nur von weitem betrachten, um kein Tabu zu verletzen.

Tete mußte Angie die Fetische erklären, den traditionellen Glauben, damit sie alles besser verstehen konnte. Erst durch geheime Rituale, durch Opfer und Geschenke würden die Fetische wirksam, die Lebenskraft beeinflusst.

»Lebenskraft, das ist die Vitalität, die wir alle in uns haben, alle Wesen der Natur, der eine stärker, der andere schwächer.

Hier glaubt man, dass die Ahnen in einer anderen Dimension mit uns leben, sie müssen besänftigt werden, es gilt zu verhindern, dass sie in Vergessenheit geraten, sie dürfen ihre Existenz nicht verlieren, sie können als Vermittler zu höheren Göttern wirken.

Der Ahnenkult schafft Brücken zur Tradition des Clans, des Stammes, damit hat er natürlich auch eine soziale Funktion. Das Gute soll dominieren. Er bindet aber auch an das Dorf, an den Boden, an die Erde. Ein Umzug erfordert Opfer für die Ahnen, die Urväter des Bodens. Alles muss sorgfältig bedacht werden, alles ist im Geheimnisvollen verwoben.

Ahnen sind natürlich keine Götter, werden nicht wie Götter verehrt, aber in allen entscheidenden Dingen sucht man ihren Kontakt, durch Rituale, durch ekstatische Tänze. Kinder sind den Ahnen noch nahe, Frauen stehen ihnen näher als Männer.»

Tete sprach mit den Ältesten, suchte Kontakt zu dem Medizinmann, der zunächst reserviert, fast abweisend war. Einige Dorfbewohner, die schon einmal die Hauptstadt besuchten, konnten vermitteln. Es war mühsam, die Skepsis blieb.

Aber dennoch konnten sie schließlich zwei schöne Asen, Devotionalstäbe aus Eisen, erwerben. Mit stilisierten Chamäleons waren sie verziert, die Unheil von einer Familie abwenden sollen. In diesem Dorf hatte alles einen magischen Aspekt.

Sie blieben nicht lange.

Die Fahrt ging weiter auf roter, nun wieder staubiger Straße. Der Regen des Waldes war Vergangenheit.

8

Der Abend kam abrupt und mit ihm die Nacht. Tete stoppte den Wagen an einer kleinen Bar im Freien am Rande eines großen Dorfes.

Bunte Glühbirnen wirkten einladend. Ausgesessene Plastikstühle, ein wackeliger Metalltisch mit Füßen unterschiedlicher Höhe, noch waren sie die einzigen Gäste. Sie wurden freundlich bedient. Die Frau war mittelgroß, kräftig gebaut, mit einem lauten, herzlichen Lachen.

»Willkommen, macht es euch bequem. Reist ihr allein?«

Und dann sprudelte es aus ihr heraus. Sie war mitteilsam und grenzenlos neugierig. Sie wandte sich an Tete, mit ihrem breiten, behäbigen Dialekt.

»Bist du auch einer der Filmer?« – »Nein? Schade.«

Mitten im Dorf stand die riesige Leinwand, dort wo der Baobab-Baum seine bizarren Äste wie eine modische Frisur in den Himmel reckte.

»Gestern Mittag kamen sie, sechs junge Männer, kräftig wie du, ein wenig verschwitzt, aber es war ja auch so heiß, mit sauberen bunten Hemden. Ihr Wagen war wie ein Kasten, lang und hoch, nur vorne hatte er Fenster, auf dem Dach ein großer Lautsprecher. Als die Dunkelheit das Licht vertrieb, klang Musik daraus, mal bissig, mal rhythmisch.

Weißt du, in mir kam das Lachen hoch, es lachte bis in meine Füße. Ob wohl Gaukler gekommen waren oder diese neuzeitlichen Griots? Vorsichtshalber schloss ich die Tür, bevor ich zum Sammelplatz ging. Man kann ja nie wissen.«

Sie schenkte ihnen noch ein Benin-Bier ein.

»Dann holten sie dieses lange Ding heraus, weißt du, diese Leinwand, wie ein monströser Fernsehschirm.

Du hast doch sicherlich schon viele Fernsehfilme gesehen? Drüben, in der Kreisstadt, hinter dem Fluss, hat mein Bruder einen Farbfernseher mit einer großen Antenne, die holt viele Filme hervor, auch Filme aus Amerika, alles so seltsam, so fremd. Stell dir vor, dort achtet niemand die Älteren, ja, ich habe das selber gesehen, der Sohn schlug seinen eigenen Großvater. Ich verstehe das nicht, aber die Welt ist groß und seltsam, und die Jungen vergessen die Weisheit der Alten.«

Das Bier war warm, zu warm, es schäumte über den Rand. Kein Windhauch. Tete öffnete von Zeit zu Zeit einen Knopf seines Hemdes und blies sich Kühlung zu, Illusion der Erfrischung. Angie blieb nicht lange sitzen, langsam ging sie einige Schritte im Schatten der Bar, es war ihr, als schwitze sie so weniger. Die Frau sprach Ewe, nicht Französisch, Angie konnte nur stumm daneben sitzen.

»So eine große Leinwand hatte ich noch nie gesehen. Und wir warteten. Lange. Vielleicht waren es doch nur raffinierte Gaukler, sie brauchten so lange.

Etwas später, fast das ganze Dorf war versammelt, erklang erneut Trommelwirbel aus dem Lautsprecher, und die dröhnende Stimme kündigte den Film an. Ich glaube, es war der Dicke, der Kleinste von ihnen, mit dem dunkelblauen Hemd und dem lustigen Bauch. Vielleicht dröhnte deshalb seine Stimme?«

Sie lachte, klopfte sich auf die Schenkel.

»Und dann sahen wir den Film, nein, eigentlich waren es zwei. Wir sahen Dörfer, ähnlich dem unseren. Ein Film zeigte, wie man Bewässerungsgräben anlegt, wie man die Felder versorgt in der Dürrezeit, die Männer waren ganz fasziniert, ein zweiter die Aids-Probleme, über die wir schon so viel gehört haben. Schrecklich. Und als wir Fragen stellten, wiesen sie uns nicht etwa unwirsch ab, nein, sie antworteten ganz ruhig, ganz klug, als ob sie unsere Probleme gegessen hätten. Geld, nein, das wollten sie nicht haben, sie kämen um zu helfen.

Zwischen den Filmen dröhnte es vom Dach des Autos, Trommelwirbel, Xylophone, und dann sprach einer mit einer piepsigen Stimme, die man kaum verstand. Wie im Chor klang unser Gelächter. Mein Kopf war süß, so süß.

Und irgendwann, es war schon spät, sehr spät, ich musste schnell zurück in meine Bar, packten sie alles wieder in ihren großen weißen Kasten, und wie ein Spuk waren sie verschwunden. Ich dachte, du bist einer von ihnen, und sie kommen wieder zurück. Schade.«

Und sie zeigte ihr breites Lachen.

Die Dunkelheit kroch aus allen Winkeln. Wie in Orkanwellen brauste das eintönige Konzert der Grillen auf, verebbte, erhob sich erneut. Weiter im Dorf warfen die Palmöllampen gespenstische Schatten. Barfüßige Männer gingen fast lautlos und verschwanden wie das Wasser im Meer.

»Seid vorsichtig des Nachts, pfeift keine Lieder, es könnte die bösen Waldgeister locken.«

Wie eng waren hier Neuzeit und alter Glaube.

Sie wollten erst am nächsten Tag weiterfahren, in der Frühe mit den Ältesten sprechen. Bereitwillig bot man ihnen Unterkunft.

Tete hatte Mühe einzuschlafen. Angie schien erschöpft von der Fahrt, von der Hitze. Sie atmete ganz ruhig, er sah sie liebevoll an. Er war dankbar, dass sie mit ihm reiste. Und dann kam die Erinnerung, an ihr erstes Treffen, damals in Paris – vor so langer Zeit, wie es ihm schien.

9

Ein ruhiger Herbstabend, Tete war allein, es war ein langer Tag mit Vorlesungen, einem anstrengenden Seminar am Nachmittag. Er wollte entspannen.

Die Bar verschwamm in ihren Konturen. Er schloss die Augen. Die Combo transzendierte zum Tam-Tam seines Dorfes, schlafende Sehnsucht erwachte zur Form.

Die Hitze wich der Nacht, dem Rhythmus fast nackter Leiber im fahlen Glanz des Mondes. Rhythmischer Klang erfüllte das Rund, erst leise, angefeuert von den schrillen Tönen der Trillerpfeifen. Zaghaft wiegten sich die ersten Tänzer vor den gelb-braunen Hütten, dann schneller, immer schneller, bis zur Ekstase.

Tete schreckte hoch, wie aus einer Trance. Für Sekunden war er verwirrt. Langsam erhellten sich graue Flächen. Paris, seine Bar, früher Herbstabend.

»Monsieur, noch ein Bier.«

Der Barmixer nickte. Die Band spielte »Sentimental Journey«. Ein Drängen menschlicher Dünste. Eine Stimme, die ihm galt. Er drehte sich kaum um.

»Sie sind doch durstig?«

Ja, sicher, dann ein breites Lächeln, mehr verlegen als vertraut. Vor ihm ein volles Glas Whiskey. On the rocks. Warum nicht. Er bemühte sich, dankbar zu sein.

»Voll heute.«

Verkrampfter Versuch einer Unterhaltung. Tete fühlte sich angesprochen, nur weil er anders war, dunkler, fremdartiger.

Der Barmixer meinte es immer gut mit ihm, mochte seine Emotionen. Tete war schon fast so etwas wie ein Stammgast. Wenn er nicht an der Bar saß, fand der alte Kellner immer einen Platz für ihn. Sein verschlissener Frack war grau von Zigarettenasche, aber er war eifrig, freundlich.

Im Halbdunkel gewahrte Tete die schlanke Gestalt des großzügigen Fremden, den schwarzen Vollbart, die Seidenkrawatte, die so gar nicht in diese Bar passte. Wohl kaum ein Franzose. War der Anzug blau oder dunkelgrau? Immer dieses künstliche, verfärbende Licht.

»Schon lange hier?«

Etwas stockend kam Tetes Antwort

»Fast vier Jahre, ich studiere Pädagogik, Mathematik und Geschichte.«

Ihm war wirklich nicht zum Plaudern zumute. Warum auch immer wieder den langen Weg von Afrika schildern, die Illusionen, die Einsamkeit, die französische Verlockung, die ihn in ihren Bann sog, zu leben, zu lieben, zu fühlen wie sie, die Versuchung der totalen Assimilation und dann wieder die unendliche Sehnsucht nach der Heimat. Wie sollte, wie konnte das ein Fremder verstehen? So blieb er kühl, oberflächlich, fast abweisend.

Dem Fremden kam er nicht näher. Wieder so eine seiner Stimmungen. Selten, aber doch gelegentlich, war er wenig kommunikativ. Er wusste, er fühlte es.

Dann schien die Luft ihn zu erdrücken. Rauch, Geruch, Schweiß, zu viele Menschen. Einen Moment atmen zu können. Nur das.

Der Nebenraum war leer. Die Lampen warfen runde Zauberringe an die Decke. Es war ihm, als schwinge der Raum ganz zaghaft. Wie durch Türspalten drangen gedämpfte Bässe. Nebenan spielte noch immer die Combo, er spürte es mehr, als dass er es bewusst hörte. War es das Titellied aus »Evita«?

Für Momente überfiel ihn Sentimentalität. Immer wieder diese Stimmungen, diese Emotionen. Sie fraßen in ihm wie seine Träume, überschwänglich und dann wieder so unendlich empfindsam. Schwieg die Kapelle?

Es trieb ihn in die Bar zurück. Und gleichsam als Selbstbefreiung lachte er, schallend, breit, nur Lachen, das Lachen wurde zur Kraft, vertrieb Trübsinn, Ungewissheit. Der Fremde war gegangen, Tete wusste, er war unhöflich zu ihm gewesen.

Dann aber fühlte er sich müde, ausgelaugt, es war noch früh, aber er fuhr zurück in seine kleine Wohnung in der Nähe des Boulevard Garibaldi.

Im Treppenhaus roch es nach Knoblauch.

Madame Lafayette war liberal: »Aber bitte abends keine laute Musik. Und wenn Sie Gäste haben und es wird einmal spät, bitte vorher Bescheid sagen.«

Sie wollte alles über ihn wissen:

«Monsieur Tete, Sie sind Musiker?«

Fast klang es wie ein Vorwurf.

»Nein, das ist nur Nostalgie. Eine geschnitzte Flöte. Oja nennen wir sie, ich spiele sie nur selten, ganz leise.«

Es war ihm, als höre er den feinen silbrigen Klang.

Für Minuten empfand er die Ruhe seines spartanisch möblierten Zimmers mit Kochnische, mit Klappbett. Manchmal, wenn er ganz allein war, allein mit seinen Büchern, seinen Postern, seiner Musik, lebte das Zimmer seine Vergangenheit, so als verbargen sich Geheimnisse in den Ritzen der gestreiften Tapete.

Und dann konnte er die Spannung nicht ertragen, verließ die Bücher, den ruhenden Pol, suchte den Lärm, den Tanz, die Freunde, den Club von Kwesi, seinem Freund aus Ghana.

10

Zu Kwesi kamen Studenten wie er, viele Franzosen, kaum einmal ein Tourist. Schummrige Sehnsucht, langbeinige Mädchen jeglicher Hautfarbe. Die Atmosphäre dampfte, Pop, harter Rock, gelegentlich Reggae, der Tete unmittelbar unter die Haut ging, Sehnsüchte und Erinnerungen.

Kwesi war gesprächig, wie immer.

»Tete, auf das Jetzt, das Sein kommt es an. Lass dich gehen, lebe den ekstatischen Klang.«

Die Groupies, ganz vorne am ersten Tisch, folgten der Musik mit fast hypnotischen Bewegungen und verschwommenen Augen, die im Klang aufgingen.

Auch nach einer Weile ließ die Dunkelheit nur Konturen erkennen, die ineinander flossen, sich wieder trennten, eine Dämmerung voller Klangerlebnisse im Halbrausch der Lichteffekte, des Nikotins, der Getränke. Kwesi, am metallenen Schlagzeug, verschmolz mit der Musik.

Sie ließen sich gehen, treiben, die Musik lebte in ihnen, durch sie, die Tänze wurden wilder, intensiver. Für Momente lachte Tete, wurde Teil des Rausches, der Töne. Die Musik wurde lauter, von innen her vibrierender, verschlungene Leiber, sinnlich, so sinnlich, Zigarettendunst, kaum ein Gespräch, nur Empfinden.

Dann sah er sie, groß, schlank, blonde Haare, voller Mund, blauer Pullover. Fließende, verschwommene Konturen schienen sich zu lichten, Tete taumelte in einen Wirbel der Sehnsüchte. Angelika lächelte.

Sie wusste sofort, dass er Afrikaner war, nicht Amerikaner. Sein intensives, dröhnendes Lachen, dieses Lachen, bei dem er wie im Kreis den Kopf drehte, seine rauhe Herzlichkeit, sein leidenschaftlicher Ausdruck, seine Liebe für reine, harte Farben, das war es, was ihn preisgab.

An jenem Abend tanzten sie mehr als einmal. Und als er sie an die Bar einlud, wollte sie nicht ablehnen. Er tanzte gut, natürlich, Rhythmus im Blut, afrikanisch. Deutsche sei sie, Jura-Studentin, erst 23 Jahre alt, sie hätte noch Semesterferien, da sei sie nach Paris gefahren. Den Club hatte man ihr schon in Hamburg empfohlen. Mathematiklehrer wolle er werden? Warum nicht, aber so wirke er eigentlich nicht.

Und als die Musik noch lebhafter wurde, war er kaum noch zu bändigen. Die Melancholie des frühen Abends war vergessen. Lebensfreude, reine Lebensfreude, Jugend. Und Paris. Sie waren glücklich.

11

Natürlich hatte er schon andere Europäerinnen kennen gelernt, Französinnen, Skandinavierinnen, sogar eine Polin, Zufallsbekanntschaften, die kamen, verrauschten. Vor dem Spiegel ließ er seine Muskeln spielen, stellte sich in wechselnde Positur, er wollte den Frauen gefallen.

Es wurde eine schlaflose Nacht der Erinnerungen für Tete.

Tabac de la Porte Dorée im Regen. Er saß am Bartresen. Der Barkeeper war eifrig, ernst, auf sein Lächeln reagierte er nicht. Tete schlug seinen grünen Schal zurück.

»Espresso, und viel Zucker.«

Das grelle Licht verstärkte seine Stammesnarben. Er dachte nie daran, einst war er stolz darauf.

Ihm gegenüber stand eine Frau, älter als er, vielleicht schon Mitte dreißig, groß, ein wenig üppig, sinnliche Lippen, langes schwarzes Haar. Den Mantel behielt sie an. Sie wirkte fremd auf ihn, sehr fremd. Ihn traf ein langer, melancholischer Blick, schlaftrunkene Augen.

»Sind Sie häufig hier?«

Stereotype Frage, nur um etwas zu sagen, oder suchte sie Kontakt? Polin sei sie. Vielleicht.

»Sie wirken so gelangweilt, und so – ich weiß nicht, so überlegen.«

Ja, er lebe in Paris. Studium, harte Arbeit.

Sie tranken Bier.

»Soll ich noch eine Flasche öffnen?«

Warum nicht.

Zweimal sei sie verheiratet gewesen, o ja, das zweite Mal wollte sie keinen Fehler machen, immer wieder hätte sie gesucht, die Männer studiert.

»Er aß so gerne. Jedes Jahr zu Weihnachten habe ich ihm eine Ente gebraten und soviel Kuchen gebacken. Wie unter Zwang tue ich das noch immer. Seit acht Jahren sind wir geschieden. Manchmal möchte ich ihm ein Paket Kuchen schicken. Einfach so. Aber ich weiß, seine Frau empfände das als Affront. Ich habe es immer so gut mit ihm gemeint.«

Plötzliche slawische Gemütswallungen.

»Ach, ich hasse die Männer, nicht alle, aber sie sind so unzuverlässig. Sie als Afrikaner, Sie kennen doch die Einsamkeit, das Heimweh?«

Nein, zurück nach Polen, nein, das auch nicht. Sie liebe Paris.

»Manchmal muss ich ausbrechen, mich mit Fremden unterhalten, vielleicht kommt man sich näher. Zügellos, sagt dann meine Tochter, du musst dich beherrschen. Ach ja, eine Tochter habe ich, elf Jahre, sie ist verreist. Wissen Sie, man muss sich gelegentlich treiben lassen. Dabei suche ich eigentlich nur Geborgenheit. Meinen nächsten Mann, nun, den suche ich nur nach Intuition aus, nur das Verstehen zählt, wissen Sie, nicht die Familie, nicht die Rasse, kaum das Alter. Ich habe früher zu viel analysiert. Etwas Halt, ja, den muss er geben, kein Trinker.«

Sie sprach französisch, mit sehr leichtem Akzent. Als sie sich umdrehte, eine Packung Zigaretten zu ziehen, rutschte ihr Mantel nach oben, ihr schwarzer Rock war seitlich geschlitzt. Wie bei Chinesinnen, dachte er. Noch ein Bier. Der Barmann lächelte schwach, ohne Freundlichkeit.

»Sie haben so sinnliche Hände.«

Ein Kompliment?

Am Rande des leeren Glases saß eine Fliege, dann eine zweite. Es regnete noch immer. Er wollte gehen, er wusste nicht, wie er es anstellen sollte. Er dachte an sein kleines, einsames Zimmer und blieb.

Vielleicht könnten sie später zusammen ins Kino gehen und dann irgendwo etwas essen. Seine Freunde in St. Germain erwarteten ihn heute nicht. Er fühlte sich gelöst und ruhig, stiller als sonst. Es gibt so viele Frauen, jede mit ihrem eigenen Schleier. Manchmal, so schien es ihm, ist es besser, ihn nicht zu heben.

Der Cassettenrecorder zauberte eine Flötenmelodie, er badete in der Stimmung dieses Klangs. Jemand sang, er verstand die Worte nicht, aber die Musik war reine Stimmung, fast wie leiser, ganz leiser Trommelwirbel, langsam abklingend.

Angie war so anders als all die anderen, die er traf, ernster und dennoch fröhlich. Zwischen den Vorlesungen dachte er fast immer an sie. Schade, dass sie nur auf Besuch in Paris war. Schon bald wusste er, dass auch sie ihn wiedersehen wollte, nach Hamburg würde er fahren, nach dem Examen könnte er vielleicht ein Praktikum in Hamburg beginnen. Er war über sich selbst überrascht, über diese unerwarteten Pläne.

Es war spät geworden, eine lange, dunkle Nacht in diesem Dorf. Tete rieb sich die Augen, blickte liebevoll auf Angie. Wie friedlich sie schlief. Dann, wenig später, überkam auch ihn der Schlaf. Endlich.

12

Dann, als das Dorf erwachte, spürte Tete die Frische des Taus unter seinen Füßen. Riet nicht schon sein Vater, des Morgens barfuß auf dem Tau zu gehen, das brächte Vitalität. Der Frühdunst wich der Sonne, alles erstrahlte in farbenfrohem Licht. Er weckte Angie mit unbeschwertem Lachen.

Später saßen sie im Kreis unter dem Baobab, spürten die Neugierde, den Wissensdrang. Die Hauptstadt war fern. Angie kam sogar aus einer fremden Welt. Der Dorfälteste rollte mit der Hand kleine Kugeln Brot und schob sie zu ihnen. Und zu Tete gewandt, sagte er: »Du siehst glücklich aus, als hätte bei deiner Geburt ein Hahn auf der Hütte deiner Mutter gekräht. Du bist zurückgekehrt in das Land deiner Ahnen mit neuem Wissen und neuen Ideen. Du lebst dein Leben.«

Tete erzählte von seinen Zielen, seinen Idealen. Die Alten hörten zu, positiv, interessiert.

»Lehrer also willst du werden. Auch wir haben unsere Schule, nur eine einfache Grundschule, ohne Elektrizität, vieles ist improvisiert. Aber die Kinder sind stolz, wir sind stolz. Schaut euch um, ihr könnt den Unterricht besuchen.

Unser Lehrer hat an den Tischen der Weißen gegessen, er war in einer Missionsschule und lange in der Hauptstadt.

Unser Dorf ist ein christliches Dorf. Erreichen wollen wir etwas, alle zusammen, das ganze Dorf möchte den Fortschritt, denn ein Fisch alleine bildet noch keinen Schwarm, auch der größte Baum braucht lange zum Wachsen.«

Am Nachmittag kam ein staubiger Wind auf. Die Buschtaxis, die in der Nähe des Dorfplatzes hielten, waren grau und verschwanden zu schnell im Dunst. Wenn Tete seine Augen schloss, konnte er den Staub riechen, den Staub und die Ahnung von Blüten und Früchten. Hier war es so friedlich.

Die jungen Männer waren auf den Feldern, die Frauen stampften monoton ihren Fu-Fu. Sie lachten dabei, machten kleine Scherze, gelegentlich sangen sie ein rhythmisches Lied. Die Alten saßen auf Holzbänken, lauschten, kommentierten. Graue, alte Augen, in denen es noch immer flammte, aufblitzte. Einige spielten Doro, das alte Brettspiel.

Der Dorfälteste sprach leise, jedes Wort betonend.

»Eigentlich sind wir ganz zufrieden. Die Hauptstadt ist weit, man läßt uns gewähren. Gott ist häufig mit uns.«

Dann aber setzte er fast schalkhaft hinzu: »Leider findet er uns nicht immer.«

Tete und Angie erwarben seltene ornamentale Flechtarbeiten, ungewöhnlich geschnitzte Stöcke, auch einige Figuren und Masken, die vergessen und entweiht schienen.

Am Abend wurden Erfrischungsstände aufgebaut, rund um den Dorfplatz. In der Mitte die Bongotrommeln, Männer tanzten, lebhaft und entrückt, einen Kreis bildend, der Dorfälteste aber tanzte in die Gegenrichtung, so als wolle er seine eigenen Wege gehen. Dazwischen erklangen Trillerpfeifen. Jemand gab mit einem Stock den Takt an.

Im äußeren Kreis schritten die Frauen in gebeugter Haltung mit gemessenem, schlurfendem Schritt. Die Lieder klangen wie afrikanische Kirchenweisen.

Es war spät, als sie weiterfuhren. Im Scheinwerferlicht sahen sie einen Bauern, fest eingeschlafen auf einem Ochsenkarren. Angie erschrak. Aber die Tiere kannten wohl ihren Weg.

Unterwegs schliefen sie in einem kleinen, sauberen Gasthaus. Das Zimmer hatte sogar einen Ventilator. Dann ging die Reise weiter.

13

Und wieder war es Nachmittag. Alles bewegte sich langsamer, mit gesenktem Haupt, das ganze Land ein endloser Nachmittag
Schönes Land des Nachmittags.

Das Dorf war ein Zentrum der Keramiker. In geschichtsloser Tradition formten flinke Frauenhände Töpfe aller Größen. Kleinere Figuren aus Ton wurden zum Teil auch von Männern hergestellt.

Schwarz stieg der Rauch der Brennöfen in den fahlweißen Himmel. Die Frauen saßen auf dem Boden und bemalten die Krüge mit gelben und braunen Ornamenten.Woher kamen die Formen, die Muster? Niemand wusste es zu sagen. Es war schon immer so.

Tete versuchte die Begeisterung von Angie zu bremsen.

»Aber wir können doch nicht eine ganze Sammlung transportieren. Unser Wagen ist schon jetzt bis zum Bersten gefüllt.«

»Es wird schon gehen, ich wähle nur das, was wirklich interessant ist, ungewöhnliche Formen und Muster. Und bald müssen wir ohnehin über andere Transportmöglichkeiten nachdenken.«

Komlan saß etwas abseits, hohe Stirn, weiße Haare, seine Hände zauberten kleine, individuell gestaltete Tonfiguren.

»Angie, schau diese Figuren, losgelöst von traditioneller Monotonie, mit eigenem Ausdruck.«

Tete war überrascht, neben Komlan einen Cassettenrecorder zu sehen. Woher er die Batterien bekäme? Er lächelte verschmitzt, seine Pfeife rutschte von Seite zu Seite. Er neigte sich wieder der Arbeit zu, stellte den Recorder an.

Und dann erklangen in dem kleinen Hof die Klänge der Barcarolle von Jacques Offenbach, hier in diesem Dorf quadratischer Lehmhäuser, in dieser Welt des rhythmischen Tam-Tams, der Hitze, des Staubs.

Sie konnten es kaum glauben.

Wurde er durch diese Musik zu Kreativem beflügelt? Hatte nicht Beethoven gesagt: »Wer meine Musik recht versteht, der kann nie wieder ganz unglücklich sein.«

War dies nicht ein glücklicher Mensch ?

Komlan lächelte erneut.

»Wenn ich meine Musik höre, laufen mir die Finger davon, die Figuren entstehen wie von selbst.«

Für Tete wurde dieser Nachmittag zu einem besonderen Erlebnis, erfrischend wie die Abendbrise.

»Tete, wir sollten nicht nur Altes, Traditionelles sammeln und ausstellen, sondern auch moderne Kunstwerke.«

Angie hatte nur das gesagt, was auch Tete dachte.

Je weiter sie sich von der Hauptstadt entfernten, je einsamer das Dorf lag, je mehr wurden sie zum Mittelpunkt abendlicher Gespräche. Und wieder saßen sie mit den Alten unter einem knorrigen Baobab-Baum. Tete erzählte von seinen Reisen, seinen Zielen, er wollte von alten Legenden, Traditionen erfahren. Immer wenn man französisch sprach, hörte Angie den Gesprächen fasziniert zu.

»Da gibt es ein Dorf, mit einem ungewöhnlichen Ahnenkult, ein besonderes Ritual, streng geheim gehalten vor fremden Augen.«

Zu Tetes Freude fand er offene Ohren.

»Ja, von diesem Dorf der Schmiede haben wir gehört. Viele Kilometer weiter nach Norden, immer auf dieser Straße.»

14

Wenn das Hirsebier seinen Kopf umnebelte, mischte Tete eigene Erfahrungen und Begebenheiten mit Anekdoten und Gleichnissen, die er von Freunden oder von den Ältesten anderer Dörfer gehört hatte. Und es war an solchen Abenden, dass auch die Alten erzählten – und gelegentlich, wenn auch sehr selten, trafen sie sogar traditionelle Geschichtenerzähler, Griots, die von Dorf zu Dorf wanderten.

Die Dämmerung galt den uralten Mythen und Deutungen. Wie fern waren dann die Lichter der Stadt, die Lockungen von Video und Motorenlärm. Hier dominierten noch Moralbegriffe, das Wort der Alten, traditionelle Autorität, die Sprache und das Leben in ihr.

»Nun also kommt sie zu euch, die Geschichte von Gizo, der raffinierten, zauberkundigen Spinne, und der Weisheit der Welt, denn so ist es, dass die Jungen sich im Wettkampf beweisen, die Alten aber in ihren Köpfen. Seht ihr Gizo, seht, wie er kommt, lasst ihn kommen, höret.«

Der Erzähler war nur Auge und Hand, sein dürrer Körper neigte sich sanft mit der Gestik der Hände, seine Stimme aber wuchs über den sandigen Platz und fand ihr Echo im Juchzen der Frauen.

»Klug war Gizo, so klug. Seht, wie er denkt, wie er intensiv denkt. Ist es nicht so, dass das Wissen der Welt groß ist, unermesslich groß, die Menschen es aber nicht zu nutzen vermögen? Seht, wie er denkt.«

Die Hände des alten Haussa-Erzählers formten Kreise, immer engere Kreise um den hageren Kopf. Sein traditioneller Stab wanderte von der rechten in die linke Hand und wieder zurück.

»Bewahren wollte Gizo das Wissen, bewahren für zukünftige Generationen, auf dass diese es besser nutzen mögen. Gizo also wurde zum Hüter der Weisheit, ihn konsultierten Könige und Älteste. Vielleicht auch, dachte er verschmitzt, könnte er so den Bestand seiner Kaurimuscheln mehren.

Also, sagte er sich, gehe, sitze nicht und grüble, reise und sammle die Weisheit der Welt in einem riesigen Kürbis. Wohlan, er ging, sammelte Stück für Stück, und der Kürbis füllte sich mit dem Wissen dieser Welt. Ah, seht ihr, wie der Kürbis sich füllt?«

Seine Gesten betonten den Mythos. Trommelwirbel unterbrach den Erzähler, Männer sangen im Chor, die Zuschauer auf den Holzbänken klatschten den Rhyhmus im Takt. Da, eine Frau begann zu tanzen, langsame Bewegungen im Einklang mit den Trommeln, dann waren es zwei, drei und bald mehr als zehn. Als der Erzähler den Stab hob und »Oh Gizo« rief, setzten sie sich. Stille kehrte ein.

»Als der Kürbis voll war, Schicht für Schicht, mit aller Weisheit der Welt, schloss Gizo den Kürbis mit festen Zweigen, auf dass sie ihm nicht entweichen möge. Nun also gehörte sie ihm, nur ihm.

Gizo sagte sich: Wohin mit dem Kürbis, so dass er nicht in unrechte Hände gelange? Dann sah er den Baum, die hohe Palme, deren Spitze fast an die Wolken reichte. Dort würde er den Kürbis verstecken, dort könnte er unbehelligt die Zeiten überdauern.

Gizo begann den Baum zu erklimmen. Den Kürbis hatte er sich mit einem Seil an den Bauch gebunden. Bei jeder Bewegung drückte der Kürbis, er drückte, drückte immer stärker, Gizo kletterte langsamer, immer langsamer.

Hört, wie er ächzt, hört, wie er stöhnt, Zentimeter um Zentimeter in die Höhe, er stöhnt, Schweiß rinnt zu Boden.

Dann aber, auf halber Höhe, ging es nicht mehr weiter. Gizo war verzweifelt.

Lachen kam von unten, Lachen, schrilles Lachen. Kaum sah er nach unten, verzerrte sich sein Gesicht. Ntikuma, sein Sohn, stand dort und lachte. Gizo schwitzte, vor Mühe, vor Wut.«

Der alte Erzähler zog eine Grimasse, nahm ein Taschentuch, wischte den Schweiß vom Gesicht. Er lief einige Schritte über den Platz, seine lange blaue Toga wallte in der leichten Brise, dann erhob er den Stab in der linken Hand.

Die Frauen riefen: »Er lachte?«

»Er lachte, er stand und lachte und lachte und Gizo schwitzte. Ntikuma aber sagte: Höre, hast du nicht alle Weisheit der Welt in deinem Kürbis?

Sagte Gizo: So ist es, mein Sohn, aber warum lachst du darüber?

Sagte Ntikuma: Alle Weisheit?

So ist es.

Warum aber trägst du nicht den Kürbis auf dem Rücken, auf dass er dich nicht beim Klettern behindern möge?

Gizo war verblüfft, er zitterte, sein Inneres bebte, die Wut wallte in ihm. Schweißgebadet lockerte er das Seil, da fiel der Kürbis nach unten, platzte und die Weisheit der Welt bedeckte den Boden weit und breit.

War es nicht müßig, die Weisheit zu sammeln, war das Wissen nicht doch ein Baobab-Baum, den man nicht umspannen kann?

Seht, wie resigniert Gizo nach unten schaut, seht seine Augen, seht seine zerfurchte Stirn, seinen Schweiß, seine schwieligen Hände.«

Einer der Zuschauer stand auf und tanzte mit gemächlichen Schritten und hängendem Kopf, imitierte den armen Gizo. Die Trommeln passten sich seinem Tempo an.

»Die Menschen aber eilten herbei und sammelten die Weisheit vom Boden, ein jeder, soviel er finden, soviel er halten konnte, einer mehr, einer weniger, und einige kamen zu spät und fanden keine Weisheit mehr.

Jene aber sagten zu den Schnelleren: Lasset uns die Weisheit teilen. Nein, aber teilen wollten sie nicht.

So also entstanden Zwietracht und Neid, das Ungleichgewicht dieser Welt. Jeder trug ein winziges Stück der Weisheit mit sich, sie blieb dosiert in kleinen Portionen und zerstreute sich in alle Welt.

Gizo aber schlich beschämt davon.«

Die Alten klatschten, die Frauen sangen, die Stimmung auf dem Platz war fröhlich und ausgelassen. Tete kannte die uralte Fabel, sie alle hatten die Geschichte gehört, immer wieder, aber dennoch folgten sie gebannt jedem Wort des Griots. Seine Ausdruckskraft ließ sie alles neu erleben.

Fur Angie war es ein besonderes Erlebnis.

»Der Griot liebt seine Sprache. Sagte nicht Pablo Neruda: Die Sprache lieben, bedeutet seine Kraft in Wirkung verwandeln?«

An jenem Abend saßen sie lange zusammen, der alte

Medizinmann, der hagere Griot, die Alten, Tete und Angie. Der Griot trug stolz eine Tasche mit zwei Wedeln, der Medizinmann wirkte abgeklärt, kaute Tabak. Von weitem erklang leiser Trommelwirbel, wie ein Zittern in der Luft. Im Licht der Kerosinlampen huschten Fledermäuse.

»Lasst die Rätsel kommen.«

Nun begann das alte abendliche Spiel.

Einer der Alten begann: »Es gibt ein großes Reich nur mit Frauen. Welches ist es?»

Sie schlugen sich auf die Schenkel

»Nun kommt schon, wie sauer ist doch diese Frage. Sagt mir die Antwort.«

»Das Land der Bananen, jede Staude trägt eine Frucht.«

Alle lachten, andere, ähnliche Rätsel folgten, die Sterne leuchteten fast unwirklich, intensiv, ganz nahe, Büffelkröten sangen.

15

Es roch nach Obst. Der Markt musste ganz nahe sein. Sie waren am Vortag in diesem Dorf angekommen, spät abends, staubig und durstig.

Tete stand alleine am Rand des heiligen Hains. Nein, ein Tabu wollte er nicht brechen.

Er ging zurück zum Dorf. Die kleine Pflanzeninsel des Tümpels war ein Paradies für riesige Schwärme bunt schillernder Schmetterlinge. Auch sie suchten die Feuchte. Der Harmattan, dieser trockne Wind aus der Weite der Sahara, blies Staubwolken in das Dorf, in Fensterritzen, über Höfe.

Tete fühlte die Sprödigkeit seiner Haut, seiner Hände, er senkte den Kopf, ging langsamer. Gestern erschien ihm der Mond wie ein verschwommener Schleier, jetzt stand die Sonne wie eine drohende, orangefarbene Scheibe am Himmel.

Die Luft war schwer und tanzte über den Hütten. Er spürte feinen roten Sand in den Augen, zwischen den Zähnen. Sein Körper juckte. Der Himmel wirkte metallisch, grau und unwirklich. Vor ihm trieb ein welkes Blatt, als zeige es ihm den Weg.

Am Dorfeingang standen einige Büsche, die keinen Schatten spendeten. Er ging so langsam, dass ihn die kräftigen Frauen überholten, die schwere Wäschebündel vom Waschplatz heimbrachten.

Direkt an der sandigen Straße, die nach Norden führte, war die Erfrischungsbar von Kami. Schlecht verschweißte Stühle aus Aluminium, lose Lehnen, aber hier konnte er aufatmen. Tete saß, saß viel zu lange, ließ Angie warten.

Kami war ein guter Unterhalter. In Lomé sei er gewesen, ja sogar in Accra und Benin.

»In alter Zeit war unser Dorf berühmt, ein Zentrum der Schmiede, der Magier.«

Tete hatte die alten Schmelzöfen am Rande des Dorfes gesehen, wo sich die letzten zylindrischen Lehmhäuser in der Dornensteppe verloren. Vielleicht könnte er später einen der ausrangierten Öfen für sein Museum erwerben.

Sie tranken beide Cola, die lauwarm war, aber dennoch dem trocknen Rachen gut tat. An der Wand hing schief und verloren ein alter Kalender mit europäischen Landschaften.

»Wir haben sie gefürchtet und verehrt, die Magier des Feuers.«

Tete horchte auf.

»Haben eure Schmiede auch gusseiserne Stäbe mit kleinen Glöckchen für den Ahnenkult gegossen, Glöckchen, mit denen die Geister angerufen werden?«

»Glocken schon, wie man sie auf Fetischmärkten findet. Aber weiter im Norden, nur einige Autostunden entfernt, soll es ein Dorf geben, in dem ein besonderer Ahnenkult zelebriert wird. Ich war noch nicht dort, aber Reisende erzählten von ungewöhnlichen Kräften des Medizinmanns und wundersamen Heilungen.»

Tete war interessiert, die Schwere der Luft schien vergessen.

»Waren auch hier die Schmiede gleichzeitig Holzschnitzer?«

»Vielleicht, du magst Recht haben, ich habe mich nie dafür interessiert. Warum fragst du?«

Tete erzählte von seinem Sammeleifer, von der Vision seines Museums, nicht im Ausland, wie viele andere, nein hier in der Heimat. Zu seiner Überraschung war Kami hilfsbereit.

»Tete, ich werde noch heute mit den Alten sprechen, mit dem Medizinmann. Man wird dir helfen, da bin ich mir gewiss. Wir sind noch alle stolz auf unsere Traditionen. Unsere Schmiede waren einst die großen Magier des Distrikts und die Beschützer des heiligen Hains.«

Erst gegen Mittag fand Tete zurück zu Angie, die stundenlang im staubigen Dorf gewartet hatte. Als er von Kami erzählte und ihrem ermutigenden Gespräch, verzieh sie ihm.

Trotz des Staubes, der Hitze fühlten sie sich wohl in diesem Dorf.

Die Wege waren sandig, aber eben, aus festgestampfter Erde. Die Dorfbewohner begegneten ihnen ohne Scheu. Es war offensichtlich, dass sie Fremde gewohnt waren, denn viele von ihnen kannten Atakpamé, die große Kreisstadt.

Freitags fuhren die Frauen mit dem Bus oder mit Bush-Taxis, den Gemeinschaftstaxis, auf den farbenprächtigen Markt und boten frisches Gemüse an. Das war immer ein Ereignis, die Monotonie des Alltags war durchbrochen, sie trafen Freundinnen, Ewe- und Akposso-Frauen aus den Bergdörfern, die sie seit Jahren kannten. Gelegentlich traten die berühmten Stelzentänzer auf, dann hatten sie daheim viel zu erzählen.

Einige von ihnen hatten Verwandte in Lomé. So waren sie neugierig, von Tete über die Hauptstadt zu hören, von seinen Reisen und den Jahren in Europa. Und wo habe er

Angelika kennen gelernt? Und wie ertrage sie die Hitze und die schlechten Straßen?

Neben den quadratischen oder rechteckigen Hütten standen runde Vorratsbehälter aus festem Lehm. Als es dämmerig wurde, am frühen Morgen, wachte Angie auf, Hähne begrüßten den Tag, von allen Seiten klang das dumpfe Stampfgeräusch. Frauen bereiteten Fufu vor, sie mussten sehr früh aufgestanden sein. Viele Männer hatten bereits ihre Hütten verlasssen, die Felder waren nicht weit und die frühen Stunden noch angenehm kühl. Tete war nicht zu sehen, er saß sicher bereits vor der Hütte von Kami. Sie diskutierten wohl schon seit vielen Stunden.

Es dauerte nicht lange, bis Angie versuchte, sich anzupassen, des Morgens das Laub vor den Hütten mit einem Reisigbesen zu kehren, zu helfen, so gut es ihr möglich war. Man schien sie zu dulden, so wie man Tete akzeptierte. Zeitlose Tage der Besinnung.

Mittags schlief das Dorf. Die Hitze drückte auf Menschen, auf Tiere, auf das Denken, man sprach kaum miteinander. Im Palaverhaus dösten die Alten, jeder suchte Schatten, die Fliegen schienen in der Luft zu erstarren, die Pflanzen träumten mit gesenkten Blättern.

Nachmittags füllte sich die kleine Bar, Palmweingläser schwappten über, es roch schal und schweißig. Kami wischte mit seinem Ellbogen über den Bartresen. Und immer wieder Fliegen. Vorne, mit Blick auf die Straße, saßen sechs Männer, schwiegen, schauten den vereinzelten Autos nach, meistens Buschtaxis. Manchmal regte die allgemeine Schläfrigkeit die Phantasie an, seltsame Geschichten machten die Runde, von Geistern, trolligen Gestalten, mystischen Träumen.

Gegen Abend aber, wenn die Bauern heimkehrten, durstig, staubig, gelb-braun, gegen Abend, wenn Pflanzen erwachten, ihr Duft die Luft bewegte, die Tiere sich reckten und nicht mehr schlichen, erfüllte döhnendes Lachen die Bar, das große Wort, die Gesten regierten.

Erst zwei Tage später stellte Kami sie ganz formell dem Dorfältesten vor. Angie und Tete brachten Kolanüsse und zwei Flaschen Whiskey aus Lomé.

»Seid willkommen, ihr bringt Kolanüsse, ihr bringt Leben. Mögen noch viele Kolanüsse für euch wachsen.«

Auch er offerierte Kolanüsse, in einer mit zahlreichen Schnitzereien verzierten Schale. Sie waren willkommen, Kami hatte wohl schon von ihnen erzählt.

Der Dorfälteste war korpulent, mit einem schmalen Kopf und wenigen kurzen Haaren. Seine Augen hatten einen abwesenden Ausdruck, ernst und sensibel. Aber dennoch liebte er angeregtes Palaver.

»Unser Dorf ist ein altes Dorf, ein uraltes Dorf voller traditioneller Geheimnisse.«

Sie saßen unter einem Baobab-Baum, wieder unter einem Baobab-Baum, auf einfachen, harten Holzstühlen.

»Einstmals kamen unsere Ahnen von weither, aus dem Norden. Damals herrschten Jahre der Trockenheit, das Wasser wurde rar, jeder Tropfen ein Schatz, die Nahrung knapp. Unsere Ahnen beschlossen, ihr Dorf zu verlassen und zu wandern, immer weiter nach Süden, denn dort sollte das Paradies sein. Aber auch hier war das Land trocken und staubig, und alle litten Not und Pein.

Eines Tages aber, als sie müde unter einem jener mächtigen Affenbrotbäume saßen, als sie fast der Mut verließ, als ihnen sogar ihr altes, verlassenes Dorf verklärt und so schön erschien, schrie ein Webervogel in den Ästen des Baumes. Als er davonflog, ließ er ein kleines grünes Blatt fallen.

Ihm nach, ihm nach, riefen die Alten, die Weisen. Der Jüngste, Schnellste unter ihnen lief dem Vogel nach, immer weiter, über Hügel und Ebenen, bis er schließlich dieses herrliche grüne Land am Rande der Dornensteppe fand. Dort setzte der Vogel sich auf einen Ast, dort schien er zu wohnen, und dorthin zogen unsere Ahnen. Und siehe, das war weise von ihnen, denn schaut, wo wir jetzt leben, trinken und plaudern.

Und seht, eine geduldige Maus findet auch einmal eine reife Banane, und wer zu ungeduldig ist, stößt sich die Füße.«

Er schwieg eine Weile, begann von neuem.

»Ich bin schon alt an Jahren, auch ich habe viel erlebt, bin viel im Lande gereist. Ja, ich kannte sie noch, die großen Sänger, Komi Ekpe und Amega Dunyo, ja sogar noch Hesino Akpalu.

Noch mehr Lieder wollen wir singen, die Armen sollen ihr Leid vergessen, sang Akpalu.

Einst waren da die Zeiten der großen Dispute, die Trommeln riefen, alle kamen, Chöre unterstützten die Worte, jede Partei hatte ihren Sänger, ihren Poeten. Denn wisset, Worte haben Kraft, das Wort ist Teil der Lebenskraft.«

Angie hörte zum ersten Mal von diesen Disputen. Sie traute sich zu fragen: »Worüber aber wurde gestritten?«

Sie sah an dem Alten vorbei, ein direkter Blick wäre respektlos gewesen.

»Eigentlich war das gar nicht so wichtig, nur die Diskussion zählte. Es waren wohl meistens Nichtigkeiten, die Frauen hatten sich wieder einmal gezankt.«

Dann lachte er, dröhnend, fast bellend, sein breiter Brustkorb dehnte sich.

»Oder aber es ging um das Recht, in einem der kleinen

Bäche zu fischen. Ich weiß es nicht mehr. Immer wieder diese vielen kleinen Familienzwiste. Als Häuptling hat man seine Mühe damit. Die Sänger aber stellten sich der Herausforderung, so wie Ekpe in einem langen Gedicht sang:

Es warst du, der meine Sache zu Sokpe trug,
er möge gegen mich singen,
er möge gegen mich singen.
Ich weigere mich nicht,
nicht ich fürchte das Lied.
Ich bleibe daheim; wenn er will,
so lasse ihn kommen; was er zu sagen hat,
so lasse es ihn sagen,
ich werde hören.

Die Trommeln, der Chor, die Worte der beiden Gruppen, die sich immer wieder gegenseitig überbieten wollten, die großen Gesten, all das führte schließlich zur Versöhnung, dann, ja dann floss der Palmwein.«

Er lachte diebisch, sein massiger Körper bebte vor Vergnügen, seine Augen blitzten schelmisch, die ernsten, seriösen Momente der Begrüßung waren der Lebensfreude gewichen.

»Dunyo singt,
Dunyo spricht von dem Leben,
es verändere sich wie die Haut eines Chamäleons,
immer wieder - - -.
Irgendetwas passiert an diesem Fluss,
Dunyo aber sagt, es ist eine böse Affäre,
Dunyo sagt, es ist der Harmattan,
der diesen Verdruss bringt.«

Auch jetzt war Harmattan, die Zeit des trockenen, kühlen Staubwindes, der Menschen, Hütten, Bäume in einen rötlichen, quarzigen Dunst hüllte. An solchen Tagen verglühte die Sonne in einem chiffonartigen Staub hinter zerzausten Palmenwedeln. Farben verwischten zu Nebel, die Menschen wurden ruhelos, nervös, hüstelten in der trockenen Luft. Das Jahr war jung, aber fühlte die Last des Alterns.

»Streit, immer war Streit.«

Er sann vor sich hin.

»Da waren die großen Familien, die Clans, jeder wollte das letzte Wort, wo blieben Respekt und Autorität? Der Moskito, der dich beißt, versteckt sich in deinen Kleidern.

Akpalu sang:

Höret, Kinder meiner Mutter, höret,

das Kind der Erde dürstet in seinem eigenen Dorf.

Wo bleibt die Autorität? Du, Tete, hast die andere Welt gesehen, du Angelika, kommst aus einem fernen Land, aber seid ihr deshalb weiser?«

Er erwartete keine Antwort, keinen Kommentar. Er wusste vieles, erinnerte sich alter, längst vergangener Zeiten.

»Ich bin nicht mehr jung, aber mein Gedächtnis vibriert wie in früheren Jahren.«

Die Pausen zwischen den Sätzen wurden länger, die Nacht ruhiger, dunkler, sie gingen, reichten ihm mit festem Druck die rechte Hand, kehrten ihre Stühle in die andere Richtung, einer alten Tradition folgend, die Geister der Nacht zu verwirren und fernzuhalten.

16

Tete fand in Kami einen Freund, einen Partner. Sie diskutierten jeden Tag, planten gemeinsam.

Aber immer, wenn er Angie sah, blieb Kami reserviert, fast verschüchtert.

»Angie, ich darf doch Angie sagen?«

Sie lachte, nickte, versuchte mit ihm zu plaudern.

»Hast du viele Kunden in deiner Bar? Und was hältst du von den Träumen und Plänen, die Tete beherrschen?«

Sie sah ihn an, direkt, lächelte. Verlegen spielte er mit seinen Fingern, wischte die Hände an den Hosen ab.

»Erst gegen Abend füllt sich die Bar. Ich habe zwischendurch immer Zeit, mit Tete zu sprechen.«

Nur das. Und schon wollte er wieder gehen.

Das Gespräch verstummte nach wenigen Floskeln. Warum? War er nicht diese direkte Ansprache gewohnt, fühlte er sich verlegen, weil sie Europäerin war? Kannte er erst wenige Weiße, oder war es, weil sie unverheiratet war und mit Tete befreundet?

Angie hätte ihn gerne gefragt. Aber wahrscheinlich wäre er noch verschlossener geworden. Wie anders war er doch in seiner Bar, er lachte mit den Gästen, unterhielt sie mit kleinen Scherzen, diskutierte mit ihnen. Nun aber schien er ruhiger, sein narbiges Gesicht maskengleicher.

So war sie überrascht, als er sie nach mehreren Tagen ansprach.

»Du hast eine afrikanische Frisur, hast du diese in Hamburg machen lassen oder in Lomé?«

»In Hamburg hatte ich noch glattes, langes, blondes Haar. In Lomé aber lockten mich diese Friseurschilder, die Vielfalt ungewöhnlicher afrikanischer Frisuren, viele wie kleine, bizarre Antennen, wahrlich abstrakte Landschaften, kunstvoll mit Draht gebogen, da konnte ich einfach nicht widerstehen.«

Erinnerungen wurden lebendig.

*

Ich erinnere mich noch gut, wie war ich begeistert, alte, verblichene Schilder mit ihrem eigenen Stil, ich las die Bezeichnungen, Paris, Teenager, Kennedy oder Clay, warum Clay, meinte man Cassius Clay, vielleicht, manchmal stand da der Name des Malers, des Künstlers, des Friseursalons, moderne naive Kunst, so ist es wohl. Ich muss mit Tete darüber sprechen.

Welche Phantasie der Namensschilder. Dort der »Beste junge Friseur«, daneben der »Ehrlichste«, sind nicht alle ehrlich? Und dort drüben, moderne, massenfabrizierte Schilder, die hat man wohl mit der Spritzpistole gemalt und die Köpfe mit Schablonen vorgestrichen.

Die klassischen Schilder sind doch viel reizvoller, »Rokoko«, eine hohe, seitlich flache Frisur, würde die mir stehen, vielleicht nicht, dann sähe ich zu groß aus, »Schlange« mit hoher Spitze, auch so hoch, »Songas« mit einem rautenförmigen Gitterwerk, vielleicht passt diese besser zu mir. Wenn schon, denn schon, schön ausgefallen, damit kann ich Tete überraschen.

Wie modern und modebewusst doch viele Afrikaner sind, wie chic ihre Frisuren, das habe ich mir anders vorgestellt.

Ich muss mehr Geduld haben, das dauert ja Stunden bei diesem Friseur, und diese lebhaften Gespräche, Diskussionen, noch mehr als zu Hause, endloses Palaver, wohl Tratsch wie überall, leider verstehe ich nichts, ein Gemisch zwischen Französisch und Ewe, und so viele Frauen kommen, gehen, alles so unruhig, und diese alte Ausgabe von »Hello« habe ich auch schon vor Monaten gelesen.

Endlich ist man wohl fertig. Die Enden der kleinen Zöpfchen verziert die Friseurin noch mit phantasievollen farbigen Glasperlen.

Noch einen Blick in den Spiegel, toll, die Geduldsprobe hat sich gelohnt.

»Sie wird lange halten, auch nachts verrutscht sie kaum.«

Die bemalten LKWs, eigentlich wohl so eine Art Bus, sehen ja wirklich schön aus, illusionäre Landschaften, Figuren, Aufschriften, die spiegeln direkt die Mentalität der Fahrer oder des Besitzers wider. »Gott ist Liebe«, »Brüderschaft«, »Hilf mir, oh Gott«, »Freue dich«, alles sehr erhaben, ach, dort ist jemand sehr viel nüchterner: »Des Geldes wegen«, natürlich. Einige kommen wohl aus Ghana, sonst wären die Inschriften dort drüben nicht auf Englisch.

»Da machst du aber große Augen, Tete. Ich habe extra mein langes buntes Baumwollkleid angezogen, um noch afrikanischer zu wirken.«

Ich lache, lache ihn herzlich an, er macht mir keine Vorwürfe, dass er so lange warten musste, er kennt das bestimmt, so eine Frisur braucht Zeit, viel Zeit. Wie lieb er doch ist, hier in Togo noch afrikanischer als in Hamburg.

Er pustet so zärtlich in mein Ohr. Ich glaube, er freut sich ehrlich über mein Aussehen.

»Tete, ich möchte tanzen, tanzen, tanzen, zu wilden Rhythmen, zu Bongotrommeln.«

Wir fahren in Tetes Auto. Harte, moderne Musik, blitzend grellrot aufleuchtende Lichter, auf der weiten Fläche Rollschuhläufer, einige mit rhythmischen Bewegungen, immer der Musik folgend, drehend, kreisend, andere eher zaghaft, wohl Anfänger, andere kühn mit schnellen Schritten. An der Bar sind nur wenige Besucher. Alles läuft, eilt, im grellen, lauten Glitzerwald. Wie ein Blick auf Manhattan.

»Tete, das ist nicht das, was ich suche.«

Wir fahren weiter. Ich möchte nur fröhlich sein, einfach fröhlich sein, Tete sucht eher das Weiche, Sinnliche, Einschmeichelnde.

Diese Bar ist so dunkel, wenige Mädchen, kaum Männer, Körper, die mit der Musik verschmelzen, Blicke, die unecht wirken, nein, das will ich auch nicht, weiter, nur weiter.

»Hier gefällt es mir besser, Tete, konservative »Highlife«-Musik und rhythmischer Beat.«

Das ist Musik, die mich packt. Die meisten Männer und Frauen tanzen getrennt. Dann ein wiegender, fast monotoner Tanz, immer wiederholend, träge dahinfließend, betörend, die Sinne reizend.

»Tete, lass uns tanzen ...«

17

Kami war mehr als ein Schankwirt, Kami schlug bei nächtlichen Festen die Trommel, hatte er nicht sogar in Ghana gespielt?

Angie war von seinen Händen fasziniert, dünn, lang, fast elegant.

»Ich kann ihn mir als Pianospieler vorstellen, aber kaum als Trommler.«

Aber dann, als Kami eines Abends trommelte, als der Rhythmus die Tänzer lockte, erwachte das Dorf zu einem Wirbel der Emotionen. Alle tanzten, auch Angie und Tete, leise Töne, die sich zum Orkan austobten, dröhnende Erde, stampfende Füße auf dem harten Boden, schneller, schneller. Und dazwischen Flötentöne, aufreizend, die Akrobaten fordernd, liegend, rollend, auf dem Kopf spielend.

Der Rausch der Nacht klang aus im roten Morgenschleier über kahlen, trockenen Bäumen.

Kami brachte aus den Nachbardörfern Figuren aus dem Holz des Kapokbaums, gelegentlich, wenn auch selten, Masken. Viele der neuen Figuren waren meisterhaft, aber stereotyp geformt, mit Meißel und Breitbeil. Alte Figuren, nun das war ein Problem. Nur wenn sie keine Aufgabe mehr erfüllten, waren sie wertlos für die Dorfbewohner und konnten verkauft werden.

Kami war überall bekannt, auch in den Nachbardörfern,

man schätzte ihn, als Barbesitzer, als fröhlichen Unterhalter.

»Ich habe mich erkundigt. Unsere Schmiede haben früher auch geschnitzt, aber nie war es Selbstzweck, immer Teil der Magie des Lebens.«

Die Masken waren aus weicherem Holz und mit Rotholzpulver gefärbt. Tete und Kami versuchten, ihre Seele zu ergründen, die Zeremonien zu verstehen. Jene, die aus Hartholz, aus Iroka, geschnitzt waren, sollten viele Feste überdauern. Viele waren mit Palmöl eingerieben, um spätere Risse zu vermeiden. Da waren gute und böse Masken, gute und böse Geister wohnten einstmals in den Bäumen, aus denen die Masken geformt waren.

Aber schöne oder wirklich interessante Masken waren ein Problem. In Togo wurden kaum Maskentänze aufgeführt, viele Stämme, wie gerade die Ewe, kannten überhaupt keine Masken.

»Angie, wir wollten eigentlich nur wenige Tage in diesem Dorf bleiben. Aber die Gespräche mit Kami sind so hilfreich, und er findet immer wieder neue Sammelstücke, Figuren, Gongs und Musikinstrumente.«

Angie fühlte sich von der Begeisterung der beiden Männer inspiriert.

»Ich sprach gestern und heute früh mit den älteren Frauen, mit denen, die etwas Französisch verstanden. Sie helfen uns, alte, typische Gebrauchsgegenstände der Frauen zu finden, Kämme, Tonflöten, Doro-Spiele, Öllämpchen, Glasperlen und Flechtartikel. Aber auch ich mache mir Gedanken über unsere weitere Reise. Meine Semesterferien vergehen so schnell.«

Tete freute sich über ihr Interesse, ihr Engagement.

»Wir bleiben nur noch wenige Tage. Ich muss auch an

meine Ersparnisse denken, das Geld gut einteilen, für Einkäufe in anderen Regionen, für die Zeit in Lomé. Mein Museum soll doch alle Landesteile repräsentieren, nicht nur die Traditionen der Ewe, obwohl mir mein eigener Stamm am nächsten steht.«

Schon zwei Tage später sagte Yvette, die etwas füllige, energische Händlerin, die keinen Markttag in Atakpamé versäumte, zu Angie: »In meiner Hütte habe ich vieles für euch gesammelt.«

Ihre Worte klangen resolut, Angie folgte ihr sofort.

Sie bewunderte die vielen echten oder vermeintlichen Kostbarkeiten, wählte aber nur wenige Stücke aus.

»So groß ist unser Auto nicht, wir können nur weniges sammeln. Aber Tete wird später immer wieder zu euch kommen.«

Yvette schien enttäuscht, sie hatte wohl auf ein sehr gutes Geschäft gehofft.

Je länger sie in dem Dorf blieben, je mehr hatte Angie mit der Hitze zu kämpfen, die Luft wurde feuchter, immer schwüler.

Die Natur lechzte nach Regen, Konturen wurden unscharf, unwirklich, sanfter. Am Nachmittag war es so heiß, dass selbst die Insekten unbeweglich an der Wand schliefen. Die kleinen Kinder blickten fast reglos mit großen, fragenden Augen über die Lehmmauern. Mit der Hitze wuchs die Trägheit.

Kami wurde reizbarer, sie alle wurden reizbarer. Seine unbekümmerte Fröhlichkeit wich einer stoischen Freundlichkeit, die sich hin und wieder in unkontrollierten Temperamentsausbrüchen entlud.

Kami blickte über die Dum-Palmen in den Himmel, schüttelte seinen Kopf. Zu Tete und Angie sagte er: »Die

Wolken sind noch zu selten, noch zu hoch, noch zu hell. Seht ihr die Hügel am Horizont, blau, fast verschleiert? Wenn sie sich mit den tiefen schwarzen Wolken vermählen, wenn sie diese melken, dann, erst dann, kommt der große Regen.«

Am Abend saßen Tete und Angie auf der hölzernen Bank vor der Bar von Kami. Die lebhaften, lauten Abende wurden immer stiller. Die Bauern schienen bedrückt, unruhig. Wurde nicht schon das Gras sauer? Kami trat aus der Bar, atmete tief die kühlere Abendluft: »Noch sind sie nicht zu sehen, die fliegenden Ameisen, die Vorboten des Regens.«

18

Noch ein Tag und es war Neumond. Abends wurde getanzt, den jungen Mond zu begrüßen. Die Musik ließ die müde Stimmung vergessen, schon wenige Trommeltakte inspirierten die ersten Tänzer

Auch Angie und Tete tanzten, fühlten sich verbunden mit dem Klang, den sie spüren konnten, verdrängte Rhythmen lebten auf. Die Musik wurde immer lauter, die Musiker spielten wie in Trance, schweißgebadet, immer wieder denselben Takt wiederholend. Die Frauen sangen im Chor, immer dieselben Worte. Ist nicht Wiederholung Magie?

Tete war wie befreit, er drehte sich, schneller, immer schneller, gleichsam losgelöst von der Erde, alles um ihn verschwamm in Kreisen, er fühlte sich glücklich. Die Trommeln feuerten ihn an, er vermeinte Glocken zu hören, dumpfe und helle Klänge.

Kami trommelte, aber da war auch Okeke, der größte der Trommler, den sie einen Zauberer nannten. Urgewalten wurden geweckt, zarter Rhythmus, der sich aufbäumte zum Aufschrei, zur Explosion, hart, fast metallisch, und dann, einem Wirbel gleich, in Ekstase ausklingend.

Sehr früh am Morgen saßen Tete und Kami erschöpft, aber glücklich auf einem hohen Stein am Rande eines kleinen Bambushains. Angie schlief in einer der Hütten der Frauen. Tete atmete tief und bewusst die morgendliche Frische. Schon ertönte hier und dort das gleichmäßige Stampfen der hölzernen Mörser. Kinder schrien, erschreckt durch das kalte Wasser der morgendlichen Wäsche. Noch hatte die Sonne nicht ihre volle Kraft entfaltet.

»Okeke ist ein Genie der Trommel, die ganze Welt kommt in Schwingung, Tänzer, Pflanzen, vielleicht sogar Steine.«

Und dann setzte Tete hinzu: »Wie schön ist doch dieser Morgen.«

»Okeke wird dir helfen, einige alte Trommeln für deine Sammlung zu finden, Sanduhrtrommeln oder Schlitztrommeln aus Baumstämmen, vielleicht auch Atumpans, sprechende Trommeln und, wenn du diese noch nicht hast, ältere 21-saitige Koras oder andere Saiteninstrumente.«

»Sein ganzes Orchester hat mich in den Bann gezogen, dieser Wechsel zwischen uralter Melancholie und Lebensfreude. Okeke ist begabt, sehr begabt. Meinst du nicht, dass mein Museum ein wirklich gutes traditionelles Orchester haben sollte? Ich könnte Okeke auf diese Idee ansprechen.«

»Er ist nicht mehr jung, sein ganzes Leben war er in diesem Dorf, Teil dieses Dorfs. Vielleicht würde es ihn reizen, für einige Monate den Anfang mitzugestalten, in der großen Stadt seine Begabung zu demonstrieren, aber vergiss nicht, er ist stolz, sehr stolz.«

»Versuch bitte mit ihm zu sprechen.«

»Ich werde es versuchen, Tete.«

Die Sonne kroch langsam über die nahen Hügel, es wurde wärmer. »Es wird wieder so ein heißer, trockener Tag.«

Tete plauderte so gerne, er kannte viele alte Anekdoten.

»Die Haussa erzählen, dass Sonne und Mond sich einst gut verstanden und erst durch ein Missgeschick getrennt wurden. Es geschah einst, dass die Sonne ein Kind bekam und den Mond bat, kurz auf das Neugeborene aufzupassen, während sie die Wäsche wusch. Das Kind aber war so heiß, dass der Mond es nicht halten konnte, es fiel auf die Erde, in die Nähe des Äquators. Als die Sonne zurückkam und davon hörte, wurde sie böse und versucht seitdem, den Mond zu fangen. Von dem Tage an aber stöhnen die Menschen auf der Erde über die Hitze.«

»Auch bei uns gibt es viele Geschichten über Sonne und Mond. Wir sagen, dass der Mond eine alte Frau sei, alt und gutmütig, die den Menschen gestattet zu ruhen, die Sonne jedoch sei jung und stürmisch und treibe die Menschen zur Arbeit.«

Sie lachten. Inzwischen schwirrte das Dorf vor Aktivitäten. Tete und Kami gingen langsam in das Dorfzentrum zurück.

»Kaltes Wasser wird uns gut tun.«

»Du hast vieles gesammelt, Tete, und es kommt noch mehr dazu, auch hier. Denke nur an den alten Schmelzofen und die Trommeln. Da dachte ich mir, du solltest alles hier in meiner Hütte lagern, bevor du weiterfährst. Natürlich wirst du die besonderen Stücke mit dir nehmen wollen, doch dein Wagen ist klein. Wir werden später gemeinsam überlegen, wie wir alles nach Lomé schaffen.«

»Angie und ich werden weiter nach Norden reisen, in das Land der Kabyé, der Haussa, der Hirten. Und, wenn wir dann zurück nach Lomé fahren, werden wir dich kurz besuchen. Wir haben dann Zeit, in Ruhe die Zukunft zu besprechen.«

Die windlose Hitze senkte sich auf das Dorf. Angie schlief nicht mehr, sie war bereits bei den anderen Frauen.

19

Tete und Angie fühlten, dass sie vom Dorf voll akzeptiert wurden. Ihre Hütte war makellos sauber, die Wände waren frisch mit Kaolin geweißt. Kami hatte alle Wege geebnet.

Die Alten wurden nicht müde, Geschichten zu erzählen, über frühere Zeiten, über Seltsames und Schrulliges, über Ereignisse, die so verklärt waren, als hätten sie die Geschichte verlassen und wären ihre eigenen Wege gegangen.

Da war auch eine große, hagere Frau, mit tief zerfurchter Stirn. Eine Zauberin sei sie, mit überirdischen Kräften, zur Vollmondzeit geboren, wie konnte es auch anders sein, von einem alten Zauberdoktor verhext, der nachts mit seiner Kora magische Melodien in ihr Ohr flüsterte.

Lange hätten selbst die Weisen nichts von ihrer Wunderlichkeit gespürt, sie habe an allen Festen teilgenommen, getanzt wie in Trance. Nur einer von ihnen meinte, ihr Blick sei schon früher so hart und fest gewesen, fast schneidend. Vielleicht hat er es wirklich so beobachtet, vielleicht wollte er nur etwas sagen. Als Kind sei sie immer so lange allein am Fluss geblieben. Des Abends saß sie mit den anderen alten Frauen, trank Palmwein aus Kürbisschalen, schwieg und schaute Angie intensiv an, wenn immer sich eine Gelegenheit bot.

An jenem Nachmittag sagte Tete zu Kami: »Ein altes

Sprichwort sagt, dass eine Liane sogar einem Wirbelsturm widersteht. Morgen in der Früh werden wir reisen, in Richtung Dapaong, wir müssen die Sammlung ausbauen, uns läuft die Zeit davon.«

Kami würde in seinem Dorf als Hüter vieler der Schätze bleiben.

Der Wagen war zur Hälfte gefüllt, es mußte Platz bleiben für Neues. Angie und Tete fuhren weiter gen Norden.

Wurde es noch heißer? Die Piste zeigte Hitzerisse. Immer häufiger dösten Dorfbewohner mittags im Schatten von Mauern und Bäumen. Das Gras wurde trocken und grau, schon von weitem ragten die bizarren roten Burgen der Termiten wie Stalagmiten in die flimmernde Luft.

20

Wenn sie ein Dorf passierten, fuhren sie ganz langsam. Angie sah eine Dorfschule, bat Tete kurz anzuhalten. Die Kinder saßen in Gruppen im Freien, der Lehrer, in Jeans und Turnschuhen, stand vor einer schwarzen Tafel mit vielen Zahlen.

»Das ist aber freundlich von Ihnen, uns zu besuchen.«

Angie bemerkte einige Kinder, die abseits im Gras saßen und ganz konzentriert einen Text rezitierten. Tete war das geläufig.

»Das ist so wie in Frankreich. Die Kinder müssen vieles auswendig lernen. Daran erinnere ich mich noch aus meiner eigenen Schulzeit. Das System weicht von dem in Deutschland ab.«

Tete dachte an seine Zukunft, seine eigentliche Berufung, zu lehren, Wissen zu vermitteln.

Das war es auch, was seine Eltern erwarteten, und nicht nur seine Eltern, nein, sein ganzes Dorf. Wie hatte man sich doch gefreut, als Tete aus Europa zurückkehrte, endlich, nach vielen Jahren.

*

Tete und Angie hatten sein Heimatdorf besucht, nur einen Tag nach ihrer Ankunft in Lomé.

Tete trug ein langärmeliges, rot gestreiftes Hemd und eine graue Hose mit Bügelfalte. Statt Jeans und Turnschuhe hatte Angie einen beigen Rock und eine blaue Bluse angezogen, dazu gut geputzte Lederschuhe.

Eine kurze Fahrt.

Dasselbe saubere Dorf, dieselbe Straße. Staub in der Luft, ein Hahn krähte. Die gleiche Zeit. Und doch spürte er so etwas wie Angst, Angst vor dem Wiedersehen, vor der langen Entfernung der Zeit. Konnte er so fühlen wie einst, konnte er den Respekt der Ältesten wieder gewinnen, war er ihrem Scharfsinn, ihrer Erfahrung, ihrem skeptischen Blick gewachsen? Er hatte solange auf das Heute, das Jetzt gewartet.

Er verbeugte sich in Demut vor seinen Eltern, blickte höflich an ihnen vorbei, senkte die Augen.

»Ich grüße euch, ich grüße die Höfe der Ahnen.«

Sie saßen in der Mitte der einfachen Holzbank, um sie herum kauerten im Schatten der Bäume seine beiden älteren Brüder, Männer der Scholle, Verwandte, Kinder, Schulkinder, die noch ihre Schulbücher auf dem Kopf trugen, die Dorfältesten, Freunde aus fernen Zeiten, Bekannte, das ganze Dorf schien versammelt.

»So bist du also zurückgekehrt.«

Sein Vater sah ihn an, langsam, bedächtig.

Es war still geworden in der großen Runde. Tete überreichte rote und braune Kolanüsse, in Palmblätter gewickelt. Ihm war heiß geworden in seinem ungewohnten langen Hemd. Feuchte Hände, feuchter Blick. Er lächelte zu seiner Mutter hinüber. Wie lange war es her, vier Jahre, oder noch länger. Keiner schien älter geworden zu sein, die Zeit war stehen geblieben.

Angie saß mit gesenktem Kopf da, irgendetwas schien

ihren Hals zu schnüren. Sie fühlte sich unsicher, wusste nichts zu sagen, schwieg. Die Zeremonie war würdevoll und herzlich. Tete verbeugte sich auch vor den Dorfältesten, den Hütern der Tradition. Sein Lächeln wurde erwidert.

»Was aber hat dich die Fremde gelehrt, Tete, hast du sie geschluckt, die geheime Magie der Weißen, hast du sie vorsichtig und kritisch geschluckt?«

Die Stimme seines Vaters hatte nichts von ihrer Eindringlichkeit verloren. Er schwieg, alle schwiegen. Große Augenpaare, aus allen Richtungen, sie schienen ihn zu durchbohren. Auf seiner Stirn sammelten sich Schweißperlen, erst wenige, dann brach der Schweiß aus ihm heraus.

»Vieles habe ich gelernt, das wertvoll und fortschrittlich ist. Vieles aber musste ich erst waschen, sorgfältig waschen, reinigen, klären.

Mein tiefster Eindruck: Ich habe gelernt, dass auch andere Menschen, andere Rassen Probleme und Sorgen haben, dass es überall Arme und Reiche gibt. Wir alle aber brauchen eine Wurzel, einen Stamm, um Halt zu finden, wir müssen mit offenen Augen sehen, ohne uns dabei zu verlieren. Fortschritt muss sein. Auch wir dürfen nicht in der Vergangenheit verharren.

Fortschritt aber heißt nicht, das Alte zu verleugnen. Erst in der Fremde, in Paris, in Hamburg, habe ich erkannt, wie wichtig die Familie für mich ist. Hier bist du nie allein. In Europa denkt jeder zunächst an sich, hier ist es die Gemeinschaft, das Wir, das stärkt.«

Hatte er das Eis gebrochen?

Amegavi, der weise, kahlköpfige Medizinmann, sprach mit fester Stimme: »Boboboe, du hast klug gesprochen. Aber merke dir, dass das Wissen einem Affenbrotbaum entspricht, zwei Arme reichen nicht aus, um ihn zu umklammern. Höre nicht auf zu lernen, aber vernehme auch die Weisheit deiner Ahnen.«

Er schlug seinen weiten blauen Umhang zur Seite, stand auf und schritt gemächlich zu seiner Hütte.

Tete erzählte von seinen Plänen, Mathematik, Geschichte und Geographie zu lehren, aber auch ein Museum in Lomé aufzubauen. Ohne Bildung gäbe es keinen Fortschritt, aber auch unsere ureigene Kultur dürfen wir nicht vernachlässigen. Hatte man ihn verstanden? Tete vermeinte ein wohlwollendes Nicken zu sehen.

Geschenke wurden ausgepackt, exotische Mitbringsel aus Paris, Nachbildungen des Eiffelturms, Hemden, Hosen, modische Ketten, Whiskey für seine Brüder.

Am Nachmittag organisierte das Dorfkomitee ein Fußballspiel gegen das Nachbardorf. Tete war zurückgekehrt, er sollte sich heimisch fühlen, mit ihnen wetten, ihr Gast sein.

Gegen Abend wurde gefeiert. Der sandige, sauber gefegte Platz im Zentrum des Dorfes wurde zur Bühne. Gellende Rufe, Trillerpfeifen, der stampfende Takt der Frauen, wiederklingend im Rasseln der Fußschellen, ihr Jubelchor, Männer, die in die Mitte des Kreises sprangen, federnde, hohe Sprünge, fast akrobatisch. Je höher die Männer sprangen, desto intensiver klatschten die Frauen. Mensch kam zu Mensch, der Natur, der Lebenskraft, den Göttern nahe.

»Wir sind die Menschen des Tanzes, deren Füße erstarken, wenn sie auf harten Boden stampfen« – wie Recht hatte doch Léopold Sédar Senghor.

Die Trommeln erhöhten das Tempo. Männer tanzten, und Frauen klatschten im Rhythmus, und dann tanzten sie wieder alle. Der Takt packte sie, der Rausch der Klänge.

Angie fühlte sich endlich befreit. Tete tanzte, Angie

tanzte, wie selbstverständlich. Wie weit war Hamburg, war Paris. Niemand berührte den anderen, und doch waren sie einander nahe. Sinnliche Bewegungen, ihre Körper vibrierten.

An Tete glitt ein Film vorbei, blitzte auf, erlosch, glühte erneut, und dann war er selbst Teil der nächsten Szene. Der Tanz wurde zur Ekstase, zum Urerlebnis, zur materialisierten Lebenskraft.

Die Dorfältesten gossen etwas Hirsebier auf den Boden, um die Ahnen zu beschwichtigen.

Dann wurde endlich gegessen und getrunken. Was gab es nicht alles: Fu-Fu mit einer scharfen Soße aus Palmnüssen, Huhn, in Palmöl gedünstet, und Egusu-Suppe mit Fleischstücken, frischer Fisch mit Erdnüssen, stark gewürzt mit Pilli-Pilli. Seine Mutter hatte zusammen mit vielen Helfern zwei Tage lang gekocht, alles vorbereitet. Tete war wieder in der Heimat, jetzt würde er häufig in das Dorf kommen, sie konnten sein Leben mitleben. Ein großer Tag.

Als Angie immer wieder ihren Teller leer aß, klopften sich die Alten vor Vergnügen auf die Schenkel.

Sehr spät in der Nacht, noch leicht berauscht, fuhren Tete und Angie zurück in die große Stadt am Meer.

21

Und dann kam doch der große Regen. Die Sonne war untergegangen, in einem Wirbel roter Farben und tiefschwarzer Wolkenfetzen. Der Sturm setzte ein, Regenschwaden bedeckten die Windschutzscheibe.

Sie erreichten ein großes Dorf mit quadratischen Hütten, die meisten mit Wellblechdächern. Im strömendem Regen wollte Tete zunächst den Dorfältesten besuchen und fand ihn beim abendlichen Essen in dem engen, dunklen Wohnraum seiner Hütte.

»Nicht weit von hier ist ein Gästehaus, ein kleines Hotel, aber es ist schon spät, und bei dem Sturm könnt ihr euch leicht verfahren. Wenn ihr mit einer bescheidenen Hütte einverstanden seid, bleibt doch bis morgen bei uns.«

Tete war dankbar. Der Dorfälteste sprach Französisch und etwas Mina, das dem Ewe ähnelte.

»Wir sind Ife, gehören zur Yoruba-Gemeinschaft.»

Angie hatte von den Yoruba gehört, einer großen Ethnie, die vor allem in Nigeria lebt, mit nur kleinen Splittergruppen in Benin und Togo.

»Ana heißen sie hier, wir nennen sie auch einfach Atakpamé, denn dort siedeln die meisten von ihnen.«

Tete beschloss, trotz des Regens ihre wertvollsten Sammelstücke in der Gästehütte zu stapeln. Am nächsten Morgen könnten sie dann alles viel besser im Auto verstauen.

Es war so dunkel, dass Angie kaum die anderen Hütten sah. Ab und zu war ein Lichtschein zu sehen. Und es regnete noch immer.

Sie saßen bis spät in die Nacht eng beieinander und lauschten dem monotonen Trommeln des Regens auf dem Wellblechdach. Manchmal, wenn der Wind besonders heftig blies, schwankte die Hütte im Ansturm der Böen. Dann wurde Tete unruhig, hob den Kopf und lauschte in die Dunkelheit. Die Nacht war tiefschwarz, die Luft in der Hütte stickig und schwer. Ein Brausen, ein Heulen, nur übertönt von dem heiseren Gekläff eines Hundes, oder waren es zwei, oder drei?

Tete legte sich hin und versuchte zu schlafen. Es war nicht möglich. Dong, dong und wieder dong, dong auf dem Dach. Sie schwitzten, die Luft wurde immer stickiger.

Angie stand am Eingang der Hütte, dort war die Luft frischer, einen so heftigen Sturm hatte sie noch nie erlebt. Es grollte, donnerte, blitzte. Stand nicht ein hoher Baum isoliert neben ihrer Hütte? Es war so dunkel, dass sie die Nachbarhütte nur schemenhaft sehen konnte. Der Regen prasselte, der Sturm tobte.

Sie erinnerte sich eines alten Mythos, wonach alles Übel der Welt als Folge eines gigantischen Gewitters entstand. Das hatte einst die Welt auf den Kopf gestellt, die Erde von oben nach unten, den Himmel von unten nach oben. Könnte nicht so ein Unwetter erneut auftreten? Es fröstelte sie. Aber ich bin doch Deutsche, ich denke doch nüchterner als die Afrikaner, sagte sie sich, ich fürchte nicht die Macht der Naturkräfte. Oder doch? Es donnerte, der Himmel leuchtete auf.

»Tete, hörst du den Donner?«

Sie rief in das Dunkel der Hütte, versuchte die Öllampe anzumachen, Tete reckte sich, erhob sich langsam. Er war müde von der Fahrt, von den letzten Tagen und Nächten. Das Dong, Dong klang hart, herrisch, herausfordernd. Der Wind heulte und drohte. Die Pfeiler ächzten, würden sie dem Sturm trotzen?

»Hörst du das Stöhnen? Nun komm schon.«

Dann stand auch er am Eingang, neben Angie, drückte sie fest an sich. An der Nachbarhütte, ungenügend vor dem Regen geschützt, lehnte ein alter Bauer, den Tete schon vorher bei dem Dorfältesten getroffen hatte. Er sprach etwas Ewe, mit starkem Akzent.

»Das ist das Grollen des Donnergottes, einer der Orishas, wir nennen ihn Shango, hörst du sein Drohen?«

Schwarze Nacht und dann wieder ein greller Blitz, und Regen, dichter, dichter Regen.

»Angie, ich hoffe, das Dach wird nicht undicht, meine Sammlung muss geschützt bleiben.«

»Warum hast du auch den Wagen ausgeräumt?«

»Ich möchte doch alles noch enger packen.«

Dong, dong, es war sogar hier draußen zu hören, dong, dong auf dem gewellten Blechdach. Dass sie nass wurden, störte sie kaum. Sie lauschten in die Nacht, auf den Donner, das Grollen Shangos. Die Stimme des alten Bauerns klang besorgt: »So schlimm war es lange nicht mehr. Wir ersehnen den Regen, doch kommt er zu stark, fürchten wir ihn. Er zerstört den Boden, schwemmt die gute Erde hinweg. Die Trockenzeit war lang, zu lang. Aber muss der Regen sich so austoben, seine Muskeln strecken, seine Zähne zeigen, seine Krallen, die Arbeit von Tagen, von Wochen vernichten?«

Angie zitterte noch immer, jetzt jedoch ein bisschen weniger, Tete war Trost, Beschützer. Er versuchte sich mutig zu zeigen, sie mit kleinen Anekdoten zu beruhigen.

»Donner und Blitz lebten einst auf der Erde, am Rande eines Dorfes. Donner war die Mutter, Blitz ihr Sohn. Blitz war leicht reizbar, so wie wir Menschen bei langem Regen. Und immer wenn er sich ärgerte, tobte er, beschädigte Felder und Häuser. Dann aber rief ihm seine Mutter ganz laut zu: Beruhige dich! Der Sohn aber war ungehorsam und tobte weiter.

Die Menschen des Dorfes beschwerten sich beim König, der Lärm sei nicht auszuhalten. Da beschloss der König, beide, Mutter und Sohn, an den Himmel zu verbannen. Dort tobt sich der Sohn noch heute aus, wenn er sich ärgert, und seine Mutter schimpft und grollt.«

Angie schmiegte sich an ihn. Der Himmel wollte sich nicht beruhigen, die Blitze kamen näher. Von draußen, irgendwo aus dem feuchten Dunst der Nacht, klangen kaum vernehmbare Lieder der Shango-Priester, wie endlose bittende Seufzer:

»Wir singen ein Preislied,
Auf dich, oh Shango.
Oriki Shango,
Auf dich, oh Shango.
Wir tragen rote Gewänder
Für dich, Shango,
Für dich.
Wir grüßen dich,
Oh Shango.
Wir grüßen dich,
Oriki Shango.
Bewahre uns vor dem Blitz,
Oh Shango,
Bewahre uns,
Oh Shango.«

Dong, dong klatschte es immer schneller, immer härter. Angie war in die Hütte geflüchtet. Ihre Stimme klang heiser und erregt.

»Tete, komm schnell! Das Dach, es regnet durch.«

Er eilte in die Hütte und versuchte seine Sammlung in eine sichere Ecke zu retten, ein Stück nach dem anderen. Angie wollte helfen, stolperte im Halbdunkel, richtete sich wieder auf. Die Öllampe war nicht hell genug, es fehlte an Decken, an Geduld.

Tete schrie ihr etwas zu, voller Ungeduld, sie verstand seine Worte nicht. Dong, dong. Vor der Hütte waren laute Stimmen, Hundegebell, irgendwo kreischte eine Frau, es krächzte, dröhnte, ein Kind weinte. Dong, dong.

»Tete, dieses Dong, Dong, es kratzt an meinen Nerven.«

»Nun komm schon, halte diese Kora.«

Noch immer Blitzen und Donnern. Shangos Pferd wieherte, und sein Donnerkeil richtete sich auf die schwammige Erde. Der Bach des Dorfes wurde zu einem reißenden Strom. Dort also erwarteten die Flußgöttinnen, die Frauen Shangos, ihren Gebieter. Shangos Doppelaxt drohte und lockte.

Dong, dong. Das Wellblech bebte, die Nässe durchdrang den Boden, das Bett aus Lehmsteinen. Die Luft war klamm, das Atmen fiel schwer, die zitternde Öllampe erhellte nur Umrisse. Shango aber war stark und tobte und polterte die ganze Nacht voller Lebenskraft. Es war Tete, als drohten seine Keulen, als tanzten seine Rasseln aus Flaschenkürbissen. Dong, dong und wieder dong, dong, dong, dieser Regen, hart und immer härter.

Und später, als der Morgen kam, war der Regen nur noch ein leises, monotones Trommeln, der Donnergott war weitergereist, die Konturen von Menschen, Höfen und Tieren wurden sichtbar. Tete atmete auf.

»Angie, die Ahnen waren mir wohlgesonnen. Ich zähle nur drei Sammelstücke, die etwas beschädigt sind. Nichts scheint wirklich zerstört. Natürlich müssen wir alles reinigen, aber das schaffen wir schon.«

Angie war müde, verschwitzt, nass. Ihr Lächeln war zaghaft, aber sanft und echt.

»Ich helfe dir Tete. Ich versuche nur, mich ein wenig frisch zu machen.«

Der Gang der Bauern war weniger federnd als sonst, die Hacken drückten auf breite, müde Schultern, die Augen waren klein und rot. Der Takt der Mörser klang langsamer, träger. Von den Wellblechen floss das Wasser um die Hütten. Die Wege waren schlammig.

Gegen Mittag stoppte der Regen. Der Himmel lichtete sich, die Erde dampfte, Blumen, Gräser schienen zu sprießen, dem Licht entgegen. Die Hütten strahlten wie frisch gestrichen.

»Alles leuchtet, Tete, wie im Glücksrausch.«

»Lass uns schnell die restlichen Stücke säubern, gut verstauen. Lass uns den Dorfältesten danken, und dann sollten wir fahren. Ich suche das Dorf der Schmiede, es dürfte nicht mehr weit sein.«

Am späten Nachmittag war es heiß, aber trocken. Die Wege waren ausgehöhlt und holperig. Sie fuhren ganz langsam und vorsichtig. Bauern lehnten an ihren Stöcken und winkten mit trägen Armen. Angie und Tete fühlten sich matt und ausgelaugt. Sie würden nicht lange fahren an diesem Nachmittag.

Sie verbrachten die Nacht in einem kleinen Gasthof am Wege. Das Haus war klein und karg, die Betten hart, das Wasser knapp. Sie mussten ein Nest der Lehm-Wespen von der Wand schlagen, bevor sie ruhen konnten. In dem nahen

Dorf waren mehrere Hütten kunstvoll verziert, die Frauen hatten geometrische Symbole in den Lehm geritzt.

22

Am Morgen fuhren sie weiter nach Norden, frischer, ausgeruhter. Das Land wurde zur Steppe. Der Regen hatte diese Region noch nicht erreicht. Vereinzelt wichen die quadratischen Lehmbauten den traditionellen Rundhütten – »Banco«genannt – mit strohgedeckten Dächern und kleinen Eingängen.

Als sie für Minuten anhielten, umfing sie unendliche Stille, überall Sonne in schattenloser Landschaft, Strahlen, die Luft durchschnitten, Hitzewolken, die sich vom Boden zu lösen schienen, um sich im Blau des Himmels zu verlieren. Die wenigen knorrigen Bäume waren bleich und trocken, der rote Sand der Fahrpiste zerfurcht, sie sahen kein anderes Auto.

Sie erreichten wieder die Route Nationale und näherten sich Sokodé, der großen, islamisch geprägten Stadt. Sie passierten große Felder mit vielen Erdhügeln.

»Dort wurde Yams angebaut, oder man kultivierte Erdnüsse.«

Die Stadt überraschte Angie: ein buntes Völkergemisch und schöne Alleen mit Flamboyant und Mango-Bäumen. Die Moscheen, leicht an Halbmond und Stern zu erkennen, hatten matte Pastellfarben.

Sie machten eine kleine Pause, nahe der schmalen Gassen und der Verkaufsstände des Petit Marché de Zongo. Dort tranken sie einen frisch gepressten Orangensaft.

Dann fuhren sie weiter, an dem bizarren Felsen Faille d'Aledjo vorbei, in Richtung Bafilo.

Die Luft flimmerte noch immer so stark, dass ihnen die Gebäude und Menschen nur schemenhaft erschienen.

Auch hier überwog der Islam.

Sie fuhren entlang weißer, gleißender Mauern. Alle Häuser ähnelten einander, schienen in der Hitze zu ruhen. Aus einem Fenster hing ein Blütenzweig, strahlend rot.

Würdevolle, ernste Menschen saßen am Rande der schmalen Gasse, harte Gesichter, tief gefurcht, Augen, die leuchteten, an weite Horizonte gewohnt. Glasperlenketten glitten durch die Finger. Ihre langen, bestickten Grand Boubous und Kappen waren staubig. Die Kinder blickten still, regungslos, mit großen, fragenden Augen.

Die Gasse wurde lebhafter. Unverschleierte Frauen trugen Kalebassen mit Wasser und machten dabei gleichmäßige, kurze Schritte. Fast alle hatten durchsichtige, farbige Schals um den Kopf gewickelt, die bis auf die Schultern fielen. Ihre Augen waren schwarz-umrandet, um Geister abzuweisen. Auf einer niedrigen, weiß getünchten Mauer saß ein junger Mann und las im Koran.

Tete erzählte Angie: »Die meisten der Mohammedaner in dieser Region sind Kotokoli, die vor mehr als zweihundert Jahren aus Mali kamen. Natürlich gibt es auch hier Haussa-Händler.«

Sie parkten den Wagen nahe dem Ortszentrum, gingen langsam durch die Gassen. Angie bestaunte die große weiße Moschee, eindrucksvoller als die Moscheen in Sokodé. Tete fand auf den engen Nebenwegen kleine, rote Steine mit weißen Adern, die er Angie gab.

Die Steine atmeten den Mythos der Sahara. Glaubten nicht die Nomaden an die Zauberkraft farbiger Steine, gab es nicht magische Amulette, die dem Träger jeden Wunsch erfüllten, Steine, die besondere Geheimnisse wahrten und sogar Krankheiten heilen konnten?

Ein junger Mann beobachtete sie, sprach sie an, in fließendem Französisch. Mahmoud hieß er. Seine scharf geschnittenen Züge schienen wie vom Wind, vom Sand geprägt, schlank und groß, fast hager, aber sehnig und kräftig. Sein Gesicht war dunkelbraun, nicht schwarz, kantig, herb.

Seine Worte kamen langsam und bedächtig: »Ihr sammelt Steine?

Die Wüste ist voller Legenden. Kennt ihr die alten Träume von der legendenumwobenen silbernen Stadt inmitten des Sandmeeres, die auf Säulen gestützt dem Blau des Himmels entgegenstrebt und nach einem kurzen Blick wie aufgelöst verschwindet, Fata Morgana oder doch der Traum vergangener Größe und Pracht, wer vermag das noch zu deuten?«

Um den Hals, dem Herzen nahe, trug Mahmoud ein Gris-Gris, ein ledernes Etui mit Koransprüchen, von einem Marabout, einem heiligen Mann, mit feiner Hand geschrieben. Es sollte Erfolg bringen, sogar Liebe, es sollte alles Negative vertreiben.

»Kennt ihr auch die Moschee von Chinguetti in Mauretanien, der heiligen Stadt der Sahara aus dem 13. Jahrhundert, mit dem trutzigen viereckigen Minarett?«

Stolz klang aus seinen Worten, Stolz auf ehrwürdige kulturelle Tradition.

»Merkt der Aufseher, dass ihr wirklich interessiert seid, öffnet er die Tür zur prachtvollen Welt Hunderter, ja Tausender alter Manuskripte mit zierlichen, farbenfrohen Ornamenten, die in der alten Bibliothek sorgfältig aufbewahrt werden. Einige wurden Opfer der Termiten, aber Mohamed Mahmoud, der Aufseher, bemüht sich, möglichst alle zu bewahren. Als ich mit ihm sprach und ihm sagte, dass ich arabisch lesen könne, blickte er mich glücklich an, mit staunendem, offenem Mund, als geschehe das sehr selten.«

Tete lud Mahmoud zu einem Glas Tee ein, heiß, erfrischend, die Minze duftete und belebte. Sie plauderten, schwiegen, plauderten, schlürften langsam den Tee. Weitgereist war Mahmoud, sprach von einer Pilgerreise in den Mittleren Osten, von Moscheen voller Wunder.

»Alles war aus Silber, und überall spiegelten geschliffene Steine von den Wänden, den Decken, ein einziges Glitzern. Die Kronleuchter erstrahlten in fahl-weißem Licht. Ich war gefangen in einer Atmosphäre der Ekstase, um mich verklärte Blicke, fast wie Gier.

Dahinter, zwei Stufen niedriger, in gold-leuchtender Glut, drängten zwei Menschenschlangen, eng aneinander gepresst, nur durch ein Gitter getrennt, in die eine, in die andere Richtung, und überall diese alles durchdringende Erwartung.

Rufe, fast Schreie zum Imam, zu Allah, dröhnten durch die Hallen, eine dumpfe Menge, die nach vorne torkelte, ergeben, gedrängt, auf dem Boden kniend, wieder stehend. Allah, oh Imam, Gnade, Erbarmen, Ekstase, die die Seelen entkrampft, befreit, aufatmen lässt, Erlösung, oh Allah.

Auch draußen drängten sie. Ein alter Mann offerierte den Pilgern Zucker, ein anderer Feigen, ein dritter Datteln. Sie küssten den Stab der Wächter an den Toren. Sie waren ihm nahe, dem Gerechten, dem Alleinigen Gott. Oh Allah, der Gnädige, der Barmherzige.«

Er war ganz gefangen von diesem Erlebnis, als erlebe er es erneut, beachtete kaum Tete, sah Angie nicht an.

»Ja, auch ich hatte ihn in mir, den tiefen Glauben, dieses innere Feuer, hoffnungsvoll, entschlossen.«

Er schwieg.

»Auch die Marabouts haben mich geleitet.«

Und dann, bei einem weiteren Glas Minztee, erzählte er über seine weiteren Reisen, als Händler, über Hoffnungen und Ängste, über die scheinbare Freiheit des Reisens, über kleine Erlebnisse, sinnliche und alltägliche. Tete und Angie kamen kaum zu Wort. In Paris sei er auch gewesen, sein Onkel lebe dort, verkaufe Haussa-Schmuck und gestickte Taschen.

»Ich liebte die Metro, dieses Rauschen in den Tunneln, die Musik jugendlicher Gruppen auf Bahnhöfen, in den engen Abteilen, manchmal heftige Töne, manchmal leise.«

Und, mit einem Blick auf Angie: »Aber nach Deutschland bin ich noch nicht gekommen.«

23

Gegen Abend besuchten sie den Imam. Sie erkannten sein Haus von weitem an den Straußeneiern auf den Dachspitzen. Es war karg möbliert, die Wände zierten Koransprüche.

»Allah sei mit euch. Möge er mit euch zufrieden sein.« Und dann teilte er mit ihnen das Fladenbrot.

Er trug einen schneeweißen Grand Boubou, wuchtig und würdevoll, und einen weißen Turban. Ein Haji, in Mecca sei er gewesen. Er wurde geachtet, nicht nur seines Alters wegen. Wenn er sprach, lispelte er durch seine wenigen Zähne. Aber seine Arme waren noch immer kräftig und hart. Groß, etwas gebeugter Rücken, Augen, aus denen Stolz und Schärfe sprachen.

»Den Menschen in der Hauptstadt, geht es ihnen gut?«

Sein kleines Haus füllte sich mit Besuchern, auch Mahmoud war gekommen. Viele trugen einen Schirm, als Statussymbol.

Tete erzählte von Lomé, er fand ruhige, aufmerksame Zuhörer. Viele von ihnen waren Haussa-Männer, die weit gereist waren, an die Küste, in Nachbarländer, bis nach Europa und Arabien, um Stoffe und kunstgewerbliche Artikel zu verkaufen. Angie saß etwas abseits, man beachtete sie kaum, sie blieb an diesem Abend die einzige Frau. Fast alle sprachen Französisch. Sie tranken süßen Pfefferminztee und aßen stark gepfefferten Hirsebrei, der Angie auf der Zunge brannte.

Kleine Schweißperlen standen jedem auf der Stirn. Zu viele Menschen, der Raum war stickig, obwohl die abendliche Kühle einsetzte.

»Wir glauben, dass es anderswo besser sein muss als hier, so reisen wir und hoffen.«

Nach einer Weile fragte der Haji: »Und ihr, reist ihr zur Freude oder für ein Projekt der Regierung?«

Erst da erzählte Tete von seinen Plänen.

»Auch bei euch würde ich gerne einige interessante alte Gegenstände erwerben.«

»Letzte Woche hatten wir auch einen Besucher, der schöne alte Stücke für ein Museum in Deutschland suchte. Hieß er nicht Richard, ja richtig, ein sehr freundlicher Mann mit zwei Begleitern, beide Ewe, beide sehr höflich, er sprach gutes Französisch, er war unser Gast, wir hatten viele interessante Gespräche.«

Tete schaute enttäuscht.

»Keine Sorgen, ihr bleibt doch mindestens bis morgen Abend? Die Weber in dieser Gegend sind berühmt für ihre schöne Arbeit. Wir haben noch viel Schönes, bestickte Taschen aus Schafleder, in vielen Formen und Farben, alte Sitzkissen, Tabaksbeutel, Körbe, schöne und sehr kostbare Amulette, reizvolle kleine Tandu-Tierfiguren und vieles mehr.«

Alle schienen durcheinander zu sprechen, Händlerinstinkte wurden wach.

Tete versprach zu bleiben. Sie würden sich einen Tag der Ruhe gönnen.

»Am besten, ihr bleibt zwei Nächte, denn morgen Abend kommt ein alter Griot zu uns, er besucht uns seit Jahren, immer so alle zwei oder drei Wochen. Wir kennen seine

Geschichten, aber er lässt sie immer wieder neu für uns lebendig werden, beim Klang seiner Kora, er ist schon so etwas wie ein alter Freund.«

Fliegende Ameisen umschwirrten die Palmöllampe. Zikaden und Baumfrösche übertönten die Stimmen der Männer. War es nicht so, dass nach alter islamischer Tradition das abendliche Konzert eine Form der Ehrerbietung für Allah versinnbildlicht? Einer Sage zufolge soll in den Fröschen ein Jinn, ein Geist leben. Als einst ein weiser islamischer Gelehrter an einen Teich kam, verstummte plötzlich das Orchester, und Stille lähmte den See. Wahrlich, sein Glaube war stärker als die Macht des Jinns.

Die Sterne schienen so hell, als könne man sie greifen.

Sie verbeugten sich vor dem Haji. Zum Abschied kamen seine leisen Worte: »Esofesi – möge Allah euch sanft wecken.«

Sie schliefen in einem kleinen, sauberen Hotel.

Schon am frühen Morgen gingen sie durch die engen, hitzeflimmernden Gassen. Tete blieb bei einer kleinen Koranschule stehen. Sechs Kinder saßen in einem offenen, kahlen Raum und schrieben konzentriert auf ihre Tafeln, dazu rezitierten sie im Chor die heiligen Worte.

Dann folgte ein Tag des Feilschens. Die Haussa-Händler schleppten wahre Berge von Handarbeiten herbei. Tete und Angie hatten Mühe zu sortieren, zu begutachten, die Massenware von den seltenen und wertvolleren Einzelstücken zu trennen.

»Ihr könnt doch nichts mehr transportieren, euer Auto ist zum Bersten gefüllt. Aber macht euch keine Sorgen, das ist für uns kein Problem, wir senden alles für euch in die Hauptstadt, gebt uns eine Kontaktanschrift, auf unsere Ehrlichkeit könnt ihr euch verlassen.«

Schließlich, gegen Abend, hatten sie viele schöne Stücke erworben, sogar einige alte, die verstaubt in einer Hütte lagerten.

24

Die Männer saßen im Kreis, kräftige Hände schlugen auf breite Schenkel, Lachen dröhnte, der Dampf des Nachmittags verfloss im dämmrigen Licht.

Der Griot stand mit seiner Frau vor der Menge, alt, fast gebrechlich. Aber da waren seine Augen, und in denen loderten Glanz und Feuer. Seine Stimme bebte, überschlug sich, fing sich wieder. Es war, als purzelten Worte übereinander, mehr Gesang denn Sprache, und dazu spielte er seine 21-saitige Kora.

»Höret meine Brüder, Allah sei Zeuge.«

Er schwieg für Sekunden.

»Wenn wir erzählen, so setzt euch zu uns, so kommt sie auch zu euch, die große alte Zeit.

Denn höret, Mansa Kankan Mussa, möge Allah sich seiner erbarmen, war mächtig, stolz und stark. Tausend Jahreszeiten sind seitdem vergangen, hört ihr, tausend Regenzeiten, und noch immer singen wir sein Lied.

Als er also Niani, die alte Hauptstadt Malis, Anfang des 14. Jahrhunderts auf seiner berühmten Pilgerreise verließ, bebte die Erde von den Beinen der Kamele, es waren wohl viele hundert. Hört ihr sie beben?«

Fast schrie es aus ihm, und die Trommeln im Halbdunkel wirbelten Emotionen auf.

»Hört ihr sie? Die Welt sollte Mali erleben, oh Wunder

über Wunder. Sagt nicht der Weise: Sehen ist besser als hören, und wenn man dich nicht sieht, denkt man nicht an dich?

Oh Allah, so zogen sie durch Wüsten und Steppen, rasteten in Kairo, und weiter, immer weiter, Mekka, das Heiligste, zu sehen, zu verehren. Und sie führten mit sich Geschenke und Goldstücke, die sie großmütig den Gläubigen gaben. Denn steht nicht geschrieben, dass du den Armen geben sollst, so du kannst? Zwanzigtausend Goldstücke, hört ihr die Zahl, meine Brüder? Zwanzigtausend Gold-Dinars verteilte Mussa 1324 in Kairo, der Basar stöhnte, der Wert des Goldes sank, die Preise stiegen ins Uferlose.«

Ein Raunen erfasste die Zuschauer.

»Lasset uns staunen ob des Glanzes, ob der Pracht. Aber Allah lehrt Demut – folget seinen Geboten.

Ich habe sie gesehen, die Ruinen von Niani, denn mit dem Ohr zu hören ersetzt keine Augen. Sand weht über stumpfes Geröll.«

Der Griot schwieg, dann aber peitschte Trommelwirbel in die Nacht. Ein älterer Zuhörer aus dem vordersten Rund, mit der Kappe der Gläubigen auf dem Kopf, sprang auf, reckte sich.

»Erzähle, oh Griot.«

»Glaubt mir, meine Freunde, Afrika erbebte ob der Größe Mansa Mussas, möge Allah ihn schützen. Einem Geschichtenerzähler glaubt man nicht, aber meine Worte sprechen die Wahrheit, eine Lüge würde tausend Wahrheiten zerstören. Glaubt ihr mir?«

Wie im Chor: »Ja, wir glauben dir.«

»Ihr glaubt mir nicht?«

»Doch, wir glauben dir.«

»Mansa Mussa kehrte zurück, die Gelehrten Mekkas begleiteten ihn. Seine Weisheit wuchs in der Stille der Nächte, Moscheen entstanden in Mali, Menschenmengen, dicht gedrängt, kamen zum Freitagsgebet.«

Wieder dröhnten die Trommeln, erhoben sich zum Orkan. Die Stimme des Griots steigerte sich zur Leidenschaft.

»Glanz und Pracht und Glaube Malis, höret meine Freunde, ein bärtiger alter Mann redet keine Unwahrheit. Seht Mansa Mussa unter seinem Seidenschirm im Hofe des Palastes, gekrönt von seiner goldenen Mütze, gekleidet in eine rote Samt-Tunika, aber innerlich geläutert, den Worten der Schriftgelehrten lauschend. Allahu Akbar, Gott ist der Größte.«

Eine Stimme von der Zuhörergruppe:

»Aber das ist doch so lange her, auch du kannst es nur von deinen Vätern und diese wieder von ihren gehört haben, hast du keine Zweifel?«

»Der Wind weht stetig, der Wind weht, aber Freunde, der Wind unserer Ahnen kennt keine Zweifel.«

Schweigen folgte den Worten, dann Klatschen, Trillern, ermutigende Zurufe und der dumpfe Klang des Balafons. Einige Frauen tanzten im Kreis, gleichmäßig, fast sanft klang die Trommel.

Und wieder wurde Fladenbrot geteilt und dicker Tuwo-Brei mit scharfer Miya-Soße aus Okrablättern und Pfeffer angeboten. Angie aß auch gebratenen Käse, der milder schmeckte und den die Fulani-Nomaden an Markttagen verkauften.

Es wurde spät an diesem Abend. Tete und Angie genossen die herzliche Gastfreundschaft.

Der Abschied am Morgen war kurz und freundlich

»Im Namen Allahs, bis wir uns wiedersehen.«

Der Haji lispelte die Worte und fügte hinzu: »Möge Allah uns wieder zusammenführen.«

Dann ging die Fahrt weiter in die große, heiße Savanne.

»Heute früh, Angie, sagte der Haji zu mir: Tete, denke stets daran, eine Frau ist wie ein Tisch mit vier Beinen, sie hat vier Qualitäten, die Schönheit, die Liebe, aber auch die Eifersucht und die Lüge.«

»Und das glaubst auch du?«

Angie zog die Stirn kraus, Tete stoppte den Wagen, gab ihr einen Kuss, niemand würde zuschauen, weit dehnte sich die Trockensavanne.

25

Dann kam das Land der Kabyé. Sie fuhren durch viele Dörfer mit heiligen Bäumen, die die Bauern verehrten. Da waren Gruppen von Hütten mit spitzen Strohdächern, den Soukoula, in denen Großfamilien zusammen wohnten. Die Straße war in sehr gutem Zustand.

Dies war das Heimatland von Gnassingbé Eyadéma, der in Pya, nördlich von Kara, geboren wurde. Präsident Eyadéma hat das Kabyé-Land in den vielen Jahren seiner Herrschaft besonders gefördert.

Angie war beeindruckt von Kara, der großen, modernen Stadt in der Savanne. Tete fuhr durch die Stadt, verließ dann die Route Nationale, um auf Nebenstraßen abgelegene Dörfer zu besuchen.

Mittags flimmerten schattenhafte Phantome, die kamen und gingen. Die Luft war heiß, trocken und staubig. Die Straße glitzerte wie Glas.

Das Dorf war arm, sehr arm. Menschen saßen am Wege und warteten stumm auf etwas, irgendetwas. Starre, fast hypnotisierende Blicke trafen sie und schienen wieder abzugleiten. Es roch nach Hitze, nach Staub, nach Krankheit. Angie drängte Tete, weiterzufahren, nein, das wollte er nicht. Fliegen, überall surrten Fliegen. Die Kinder verscheuchten sie nicht mehr. Alles schien lethargisch.

Zahlreiche Menschen, auch Kinder, hatten Augenkrankheiten, viele Beine waren geschwollen. Tete dachte an seinen Freund Akpo, an ihr Wiedersehen, ihre Gespräche in Lomé. Erst jetzt verstand er seinen Freund wirklich. Wie schwer hätte es hier die moderne Medizin.

*

Freunde waren sie, aus dem selben Dorf, dem selben Altersbund. Sie hatten zusammen die Initiationsriten durchlitten, Mutproben bestanden, das gemeinsame Erbe des Stammes, des Clans erfahren, die gleiche Erde als Opfer für die Ahnen gegessen.

Akpo war sehr groß, fast zehn Zentimeter größer als Tete, und noch immer schlank, fast hager, aber sehr gelenkig und sportlich. Er strahlte eine gespannte Energie aus. Sein Vollbart wirkte gepflegt.

Sie hatten sich so viele Jahre nicht mehr gesehen. Akpo war sorgfältig gekleidet. Schon früher trug er dezente Krawatten und weiße, langärmelige Hemden, graue Hosen, schwarze, glänzende Schuhe. Als Arzt wollte er seriös wirken, auf einfache Patienten machte er eher einen distanzierten Eindruck. Er lachte selten. Das unterschied ihn von Tete, der gerne und häufig fröhlich war und so unbeschwert sein konnte.

Herzlich umarmte Tete seinen Freund. Sie sahen sich lange an, fast war es so etwas wie ein vorsichtiges Abtasten.

Wie denn der Flug war? Und dann: »Du bist anders geworden.«

Fast ein Flüstern. Reife, Distanz, würden sie sie überbrücken? Es waren Gefühle, die sie nicht kontrollieren konnten. Hatte nicht auch Akpo so etwas wie eine Mission, eine große Aufgabe? Aber waren sie sich nicht ähnlicher, als sie zugeben wollten? War es diese Nähe, die entzweite? Tete ging ins Ausland, Akpo blieb, er, der immer im Mittelpunkt stand, blieb daheim, studierte daheim. Neid?

»Damals fühlten wir, dass du deinen Pflichten entfliehen wolltest.«

War es so? Tete sah in sich hinein, quälte sich, war es das? Hatte ihn nicht seine Familie unterstützt, gedrängt, in Paris zu studieren? Wie stolz war er, der jüngste der Brüder, an den alle glaubten, an seine Leistungen, an sein Verantwortungsgefühl. Vielleicht gerade weil er der Jüngste war, der Intelligenteste. Hatte er nicht so etwas wie eine Treuepflicht gegenüber seiner Familie? War es nicht eigentlich Akpo, der freier war, wirklich frei?

Sie würden sich treffen, miteinander reden, sich trennen, wieder treffen. Die Zeit, die Lebenslust, die innere Kraft, die Wärme ihres Wesens würde alte Wunden heilen. Sie sollten versuchen, ihr Heute zu verstehen, das Gestern zu tolerieren. Denn nur das Heute zählt.

Am frühen Morgen am Meer leuchtete die Brandung wie eine Reihe frisch geputzter Zähne in der Dämmerung. Der lebhafte Wind stieß gegen träge schlummernde Uferwälle.

Tete und Akpo liefen in Shorts am Strand. Morgendlicher Trab, tiefes Atmen. Akpo brauchte die Anspannung vor dem üppigen Frühstück aus Hirsebrei, gebratenen Bohnen, Ziegenmilch oder Kakao. So hielt er sich fit.

»Weißt du, Tete, der Kampf gegen Hexerei und Aberglauben bringt auch Probleme für mich. Es ist nicht immer einfach, die Patienten zu überzeugen. Ich konkurriere mit den traditionellen Heilern. Aber die Weisheit wohnt in vielen Häusern.«

Er schwieg für Minuten. Tete lief etwas langsamer, er war nicht so sportlich wie Akpo.

»In den Dörfern hilft die Gemeinschaft den Kranken, nicht nur durch Kräuter, die ja durchaus nützlich sein können, sondern auch durch Musik und Beschwörungsriten, so etwas wie eine Gruppentherapie. Sie kann Wunder vollbringen, aber manchmal ist es nur blinder Aberglauben. Gegen den kämpfe ich.«

Und dann, nach einer kleinen Verschnaufpause: »Dort gibt es noch viele Menschen, die an Hexen glauben, an schwarze Magie, und daran, dass Bilder von Personen Macht über diese ausüben können, dass Geister des Nachts telefonieren.

Ich muss Vertrauen aufbauen, die Patienten davon überzeugen, dass sie nicht nur dann zu mir kommen sollten, wenn alle magischen Mittel nicht mehr helfen, denn dann könnte es zu spät sein.«

Sie liefen wieder im Gleichschritt, die Wärme stieg in ihnen hoch, der Schritt wurde langsamer.

»Wie schwer habe ich kämpfen müssen.«

Und dann mit herzlichem Lachen: »Sogar meine Unterschrift habe ich solange geübt, bis sie wirklich eindrucksvoll war. Den Bart habe ich mir wachsen lassen, um dämonischer, magischer zu wirken. Aber sagt man nicht, Gott erschaffe Träume, aber er helfe auch, sie zu realisieren?«

Und dann etwas später: »Und Tete, auch du ringst um ein Ziel, einen Traum, und gibt es nicht viele Pfade, auf denen es sich zu wandern lohnt?«

Tete fühlte, dass sie sich wieder näher kamen, alte Bindungen sich vorsichtig erneuerten.

26

Und nun dieses traurige Dorf.

Tete suchte zaghaft das Gespräch und fand keine Resonanz. Es waren nicht nur die sprachlichen Hürden. Angie stand abseits, nahe dem Auto, als schäme sie sich ihrer Herkunft, ihrer Sauberkeit, ihrer Gesundheit, ihrer Erziehung.

Fetischhütten standen am Rande des Dorfes. Überall waren Tabus. Drei Kalebassen mit magischen Zaubertränken lehnten an der Hütte des Medizinmanns. Der Medizinmann kam heraus, musterte sie, sagte kein Wort, verschwand wieder im Dämmerlicht seiner Hütte. Im Dorf herrschte eine fast unwirkliche Stille. Nur wenige Bäume spendeten Schatten. Die Hütten waren eng und finster.

Außerhalb des Dorfes wurde Yams angebaut. Im Dorf standen die konischen Vorratshütten auf drei, vier oder fünf Lehmfüßen, immer neben den Schlafhütten und Kochplätzen.

Tete sprach zu den Kindern, die ihn mit großen Augen ansahen. Keines sprach seine Sprache. Die Frisuren der Kinder zeigten, zu welchem Familienclan sie gehörten. Eine Vielfalt von Mustern, die Haare waren in enge oder breitere Streifen geschoren, teils waagerecht, teils senkrecht. Und überall Schmutz und schlecht verheilte Wunden. Auf den Haaren saßen Gruppen von Fliegen.

Einige Kinder fassten Mut, versuchten ein, zwei Worte auf Französisch, Ewe sprach hier niemand. Angie fühlte sich fremd, deprimiert.

Und dann geschah es. Eine Frau kroch in eine Vorratshütte, holte eine Tanzkette aus Palmblättern, mit Rasseln. Eine zweite Frau folgte, eine dritte. Vereinzeltes Lachen, sehr vereinzelt, noch überwog der Ernst, das Stumme, die Gleichgültigkeit. Die Ketten waren schnell um die Beine gewickelt.

Ein langsamer Tanzschritt, dann noch einer, schneller, wirbelnder, schon bedeckte Staub die Beine. Immer härter wurde der Rhythmus, die Steine in den Tanzketten schlugen gegeneinander, wie in Trance tanzten die Frauen.

Dachte man, sie seien Touristen, wollte man ihnen eine Show bieten? Die Dorfbewohner konnten sich wohl nur so ihren Besuch erklären.

Angie war erschüttert und begeistert, welch ein Wandel, welche Lebenskraft, welcher Lebensmut, trotz Tristesse, trotz Glut und Staub.

Ein alter Barde, hager, mit stark geprägtem Gesicht, spielte auf einem kleinen Blechinstrument, oben mit Holz abgedeckt, darüber fünf Metallstreifen, jeder für einen anderen Ton, jeweils mit einem Nagel befestigt.

Die Melodie wiederholte sich immer wieder, langsam, fast eintönig, nur unterbrochen von einem Klageton, der die Wüste, die Leere ahnen ließ.

Angie sprach ganz leise zu Tete, fast nur ein Flüstern: »Dieser schnelle, rythmische Tanz, der langsame, klagende Ton des seltsamen Zupfinstruments, welche verborgene Schönheit, selbst hier in diesem abgelegenen, armen Dorf.«

Sie nahm scheu und verstohlen das Klagelied und den

Rhythmus der Tanzketten auf einer Musikcassette auf, um einen Hauch der Atmosphäre einzufangen.

Tete kaufte später das Musikinstrument für seine Sammlung. Der Spieler gab es bereitwillig, ohne zu feilschen.

»Ich schäme mich fast, Angie, aber sie werden ein neues Musikinstrument bauen. Ihr Wille ist stark, die Musik lebt in ihnen. Und schau, sie haben es gerne verkauft, und ich habe fair bezahlt. Wir sollten versuchen, das Instrument im Kontext mit der Musik zu zeigen. Ich freue mich, dass du die Musik aufgenommen hast.«

Sie hatten ihn nicht bemerkt, der Medizinmann stand wieder neben ihnen. Angie und Tete gaben ihm einige Medikamente aus ihrer Reiseapotheke, zögernd nahm er diese an. Und es dauerte nicht lange, da waren sie umringt von Kranken, von Flehenden. Angie stiegen Tränen in die Augen.

»Wir können kaum helfen, Tete. Hier braucht man so viel, viel mehr, als wir mitgebracht haben.«

Sie halfen, so gut es möglich war. Und dann, ganz zögernd, entwickelte sich ein Gespräch mit dem Medizinmann, der etwas Französisch und Ewe sprach.

„Ist dieses nicht ein altes Dorf der Schmiede?»

„Ja, die runden Lehmkegel, die als Schmelzöfen dienen, sind versteckt abseits des Dorfes, hinter den Fetischhütten, im heiligen Hain.»

„Und, gibt es hier noch einen uralten Ahnenkult?»

Der Medizinmann, schwieg, starrte an ihnen vorbei, drehte sich um und ging in seine Hütte zurück.

Tete und Angie waren verwirrt. Der Kreis Neugieriger lichtete sich schnell.

»Aber Tete, was haben wir falsch gemacht?«

»Ich weiß es nicht.«

Niemand fragte mehr nach ihrer Hilfe. Die wenigen, neugierigen Kinder, die nicht davongelaufen waren, blickten sie aus der Distanz an.

Das Dorf versank wieder im Schweigen, einem unheimlichen Schweigen. Die Tanzrasseln waren schnell verstaut, der Barde verstummt. Sogar das stereotype Klopfen der Mörser hatte aufgehört.

»Ich möchte weiterfahren, Tete. Wir sind hier unerwünscht, ich weiß nicht warum, etwas hat ihr Missfallen erregt, mir ist unheimlich zu Mute.»

Die Atmosphäre im Dorf war finster, trist, verschlossen.

Angie war enttäuscht.

„Warum hat sich das Dorf von uns abgewandt? Lag es daran, dass ich ihre Musik auf Cassetten aufnahm oder weil du nach dem Ahnenkult fragtest?»

Tete antwortete nicht, vielleicht wusste er keine Antwort, vielleicht wollte er nicht antworten. War dieses vielleicht das Dorf des alten Kults, das Tete suchte? Tete blickte ernst und entttäuscht. Angie schwieg und fragte nicht weiter.

Sie fuhren langsam in die Stille des Nachmittags. Die Landschaft war kahl, harte gelbe Erde mit Termitenhügeln. Vereinzelt standen riesige Baobab-Bäume. Zeburinder begegneten ihnen.

27

Die rote Laterit-Piste wurde kurvenreicher, immer häufiger reckten gelb-braune Termitenhügel ihre bizarren Spitzen aus der staubigen Ebene.

»Den Termiten sagt man mystische Kräfte nach.«

Die Savanne wurde hügeliger.

»Wir fahren durch die Provinz Koutammakou, vorbei an den Wohnburgen der Tamberma und dann über die Grenze nach Benin, wo sich das Land der Sombas, wie sie dort heißen, weiter ausdehnt, und erst dann zurück nach Lomé.«

Angie war einverstanden.

»Aber Kami und sein gastfreundliches Dorf sollten wir auch auf der Rückreise besuchen.«

»Gewiss Angie. Dort verweilen wir für einen Tag, Kami wird gespannt sein, von unserer Fahrt zu hören.«

Sie sahen die ersten isoliert stehenden Lehmburgen der Tambermas. Tete wusste auch darüber zu erzählen: »Tamberma, das ist der richtige Name für sie. Denn das bedeutet: die wahren Architekten der Erde. Schau nur dieses schöne Lehm-Bauwerk!«

Angie hatte gelesen, dass die Lehmburgen jetzt als Weltkulturerbe anerkannt wurden.

»Tete, hier wird sich in den nächsten Jahren vermehrt der Tourismus entwickeln, die ganze Region würde davon profitieren.«

Tete stimmte zu.

»Die Tambermas und ihre Nachbarn in Benin leben in ihrer eigenen Welt. Sie sind sehr naturverbunden und glauben, dass ihre Region von spirituellen Mächten bewohnt ist, nicht nur von ihren Ahnen, sondern auch von vielen guten und bösen Geistern. Deshalb schätzen und pflegen sie noch immer ihre Traditionen.

Ich möchte über die Grenze in ihr Siedlungsgebiet in Benin fahren, da dort die Traditionen noch lebendiger sind, weniger von Fremden beeinflusst.«

Nahe der Zollstation waren viele Mango-Bäume und in der Nähe kleine Verkaufsstände. Der Grenzübertritt war problemlos. Eine sehr gute Piste führte von dem Grenzdorf Nadoba nach Boukoumbé und dann weiter in den Provinzort Natitingou.

Die Tatas der Sombas, braune Wohnburgen aus Termitenhügelerde, mit einem Gemisch aus dunkler Erde und Kuhfladen verputzt, ragten stolz aus der Ebene.

Die runden Außenwände waren von den Frauen kunstvoll mit filigranen Mustern verziert, Knaben hatten magische Symbole und weiße Streifen angebracht. Die meisten Dekorationen entsprachen den Tätowierungen, wie sie die Haut der Männer schmückten.

»Angie, siehst du die Fetische, die an den langen Metallstäben und Holzzapfen hängen? Sie sollen dem Haus Schutz gewähren. Und dort, ein Fetisch aus Zwiebeln, um den bösen Blick abzuleiten.«

Sie hielten an einer der Wohnburgen. Zwei jüngere, kräftig gebaute Männer gingen ihnen entgegen. Ihre Gesichter waren fein tätowiert, mit dem brennenden Saft der Cashew-Nuss. Sie trugen um die Hüften ein Wickeltuch, waren nur oben unbekleidet, die Zeiten, da sie ganz nackt,

116

nur mit einem übergroßen Penisschutz, liefen, waren auch hier der Moderne gewichen. Aber Mutproben, die Peitschenkämpfe bei Initiationsfesten, mussten sie auch heute noch bestehen.

Sie waren zurückhaltend, aber freundlich.

»Seid willkommen, ihr müsst müde sein von der langen Fahrt. Seid willkommen und genießt den Hirsebrei auf unserer Wohnterrasse.«

Der schmale Eingang führte in die unteren Räume, in denen das Vieh und die Vorräte gehalten wurden. Sie sahen Schafe, Ziegen und Hühner. Eine schmale Stiege ging an der Kochstelle vorbei auf eine Plattform mit konischen Schlafhütten, die kühle, ruhige Nächte versprachen.

Dort oben spielte sich das häusliche Leben ab. Die Großfamilie war auf der kleinen Terrasse versammelt. Von dort erstreckte sich der Blick über sorgfältig bestellte Felder bis zu vielen ähnlichen Wohnburgen, die in großen Abständen voneinander die Ebene bis zum Horizont ausfüllten. Dazwischen waren ihre Versammlungsplätze zu sehen.

Angie wurde ohne Scheu gemustert, ihr geblümtes Kleid betastet, man war wohl Ausländer gewohnt.

Nur noch wenige ältere Frauen waren mit Propfen aus Holz oder Plastik geschmückt, die durch die Unterlippe gesteckt waren, und mit kleinen Holzstiften an der Nase, urtümliche Vorstufen des Piercings.

Auf dem gleichen Gehöft wurde in kleinen Hütten Mais und Hirse gespeichert. Die jungen Männer zeigten Angie, wie man von oben in die Hütten einsteigen konnte. Dann probierten Angie und Tete das berauschende Hirsebier, und Tete erklärte mit vorsichtigen, höflichen Worten, warum sie an alten Dingen interessiert waren.

Wohl kämen sie aus Togo, und das Museum sei auch dort

geplant, doch seien die Sombas ja Vettern der Tambermas in Togo, mit gleicher Kultur, mit gleichen Sitten und Gebräuchen. Man nickte zustimmend.

Einer der jungen Männer sagte: »Ich muss euch etwas zeigen.«

Er erhob sich, Angie und Tete folgten ihm die enge Stiege hinunter. Sie gingen einen langen, schmalen Weg zwischen den Feldern zu einer benachbarten, ähnlich aussehenden Tata, fast hundert Meter entfernt.

Tete war gespannt. Gab es dort unerwartete Schätze? Auch Angie erhoffte ein Lager mit alten, interessanten Gegenständen.

Und wieder stiegen sie einen steilen Gang hinauf und krochen dann durch den engen Eingang einer der Schlafhütten. Dort lag eine alte Frau auf einem Lehmbett und stöhnte leise.

»Ihr müsst helfen, sie hat so große Schmerzen. Und ihr seid so weit gereist und habt die Weisheit vieler Völker geschluckt. Ihr habt sicherlich wundersame Kräfte gesammelt, ungewöhnliche Lebenskräfte, die ihr übertragen könnt.«

Tete war bestürzt, er fühlte sich beschämt, seine eigenen Anliegen erschienen ihm so egozentrisch. Hier erhoffte man von ihm Wunderdinge, er schämte sich seiner Inkompetenz. Wie sagt man doch in Ghana: »Wer nicht tanzen kann, gibt die Schuld den Trommeln.« Aber Ausflüchte, nein, das war kein Auswег.

Nein, er musste alles versuchen, um mit seinen bescheidenen Mitteln die Harmonie der Lebenskräfte ins richtige Lot zu bringen.

»Ich bin kein Arzt, ich habe nur eine kleine Reiseapotheke. Mit einem Schmerzmittel lassen sich die Schmerzen lindern, aber heilen, heilen kann ich nicht.«

»Ihr müsst es versuchen, bitte, sie ist meine Mutter. Ihr seid Lehrer, ihr seid zu uns gekommen, obwohl ihr hier keine Verwandten habt.«

Tete ging zurück zu seinem Auto, wie sehr vermisste er jetzt Akpo.

Überall mangelte es an Ärzten, und nicht immer konnten Pflanzenkundige heilen. Er wusste, dass der Glaube an seine Kräfte der Frau helfen würde, dass besonders bitter schmeckende Medizin am meisten überzeugt.

Nachdem sie zurück zum Tata gegangen waren, holte Tete aus seinem Auto einige schmerzstillende Tabletten und gab sie dem jungen Mann.

»Sie sollte diese schlucken, dreimal am Tag, aber jeweils nur eine, das ist wichtig. Sie werden das Fieber senken, und deine Mutter wird sich etwas wohler fühlen.«

Tete war bedrückt von dem strahlenden Lächeln des Mannes, seinem tiefen, ehrlichen Dank. Ihm war klar, dass seine Tabletten bei einer ernsthaften Krankheit nicht heilen, sondern nur lindern konnten.

Sie gingen wieder zurück zu der Familie auf der Dachterrasse.

Man hatte inzwischen einige kunstgewerbliche Produkte geholt, die sie Tete anboten, Amulette, Tonflöten und eine ältere Querflöte, sogar einen alten, imposanten Penisschutz. Tete musterte die Fetische.

Der junge Mann erläuterte: »Diese hier dürfen wir nicht verkaufen, es sind magische Fetische mit viel Kraft, die wir schon lange verehren. Ihre Stärke, ihre Kraft, könnte sich von dem Fetisch lösen. Dann aber würde Unheil geschehen. Das Böse schläft nur, solange es verehrt wird.«

Tete musste den Glauben respektieren, denn ist es nicht so, dass nicht alles mit Verstand und erlerntem Wissen erklärt werden kann? So erwarben sie nur die wenigen bescheidenen Stücke, die man bereitwillig verkaufte.

Bevor sie fuhren, lud man sie ein, von dem scharfen Maisbrei zu kosten. Der Abschied war herzlich, alle waren so dankbar.

»Kommt wieder, ihr seid immer willkommen.«

Der Staub der kurvigen Straße holte sie ein.

Und dann, sehr leise, nach vielen Minuten des Schweigens, sagte Tete: »Ich möchte so gerne helfen, aber ich kann nicht. Wie häufig musste ich heute an Akpo denken. Wie vieles sollten wir noch tun in unserem Land.«

Er schwieg wieder.

28

Tete blieb nachdenklich, müde war er nicht.

»Neue Anregungen werden uns gut tun. Wir könnten noch einen Tag durch Dörfer der Tchokossi fahren und oben im Norden nahe Dapaong in ein Dorf der Moba.«

Gab es nicht ungewöhnliche Nyefe-Bambusflöten, die man mit Wasser füllen musste, zweisaitige Kibou-Lauten, viele Musikinstrumente, so anders als im Süden, und auch reizvolle Lederarbeiten? Auch die sollte er sammeln. Die Zeit war viel zu knapp, Tete wusste, dass er noch einmal für längere Zeit in den Norden fahren sollte. Aber erste Erfahrungen würden helfen, nur ein Papagei lebt von den Erfahrungen anderer. Also, so meinte er, wäre es nützlich, die Reise noch einmal zu verlängern.

Angie stimmte ihm zu, auch sie war innerlich aufgewühlt, eine Nacht in ganz anderer Umgebung täte auch ihr gut.

Der Grenzübertritt war problemlos, die Straße in den Norden in gutem Zustand. In Sansanné-Mango machten sie eine kleine Pause, tranken ein Hirsebier in einer einfachen Tschakpalo-Kneipe, aßen Yam Chips und schlenderten über den Markt, um Töpferwaren zu begutachten. Sie fanden zwei attraktive Krüge, die sie kauften. Dann ging die Fahrt weiter.

Männer mit Strohhüten, weiten bauschigen Hosen, Spazierstöcken. Land der Moba, Land besonderer Traditionen.

Ihre Ahnen seien an einem langen Bindfaden vom Himmel herabgestiegen, so glaubten viele von ihnen. Am Weg war ein dörflicher Markt, Gelegenheit, Moba-Familien kennen zu lernen und erste Eindrücke zu sammeln. Frauen verkauften ihre Töpferwaren, Obst, Gemüse, Früchte des Néré-Baums.

Und siehe, auch hier Stände mit Kunstgewerbe. Tete suchte nach besonders sorgfältig gearbeiteten Figuren von Schutzengeln, die die Moba Tyityilig nannten, und fand schließlich neben vielen massengefertigten Figuren eine besonders schöne. Auch Angie wollte er eine schenken, die Moba glaubten, dass jeder Mensch eine bei sich tragen sollte. Vielleicht war das auch gut so.

„Angie, ursprünglich dienten die abstrakten Tyityilig-Figuren zum Kontakt mit den Buschgeistern.»

Sie übernachteten in einem kleinen, sauberen Hotel in Dapaong. Abends bummelten sie durch die kleine Stadt nahe der Grenze zu Burkina Faso, sahen sich den Sultanspalast und die Moschee an und probierten das selbst gebraute Hirsebier. Auf den Straßen waren nicht nur Mobas, sondern auch viele Fula-Bauern aus den umliegenden Dörfern.

Erst am Nachmittag fuhren sie weiter nach Süden. Für Angie wurde die verbleibende Zeit immer knapper.

Es wurde eine lange Fahrt zurück in das Dorf von Kami. Unterwegs mussten sie mehrfach bei Polizeisperren anhalten, ihre Papiere waren in Ordnung, aber jeder Stopp kostete Zeit.

Tete war wortkarg, Stunden des Nachdenkens, auch der Erinnerung an die ersten Tage in seiner Heimat, denn nun kamen sie Lomé immer näher.

Hatten sie nicht schon viele Abende in der Hauptstadt

diskutiert, mit Akpo, mit seinem Freund Koko. Korruption, Arbeitslosigkeit, unzureichende Infrastruktur, mangelndes Demokratieverständnis, große Probleme, die sie nicht lösen konnten.

Aber vielleicht doch im Kleinen helfen, Schritt für Schritt, jeder nach seinen Möglichkeiten, die ärztliche Versorgung verbessern, den Kindern vermehrte Chancen zum Lernen geben, neue Ideen in die Dörfer bringen. Ja, das ist besonders wichtig, wahrlich eine große Aufgabe, gerade die jungen Menschen in den Dörfern müssen neue Perspektiven erhalten, auch um die Sehnsucht nach der großen Stadt zu dämmen.

Koko, groß, muskulös, eckiges Gesicht, Bankangestellter, in Tetes Alter, liebte laute Musik, Afro Rock, sie rauchten, diskutierten. Leere Colaflaschen standen auf dem Boden, heute trank keiner Bier.

»Dabei dürfen wir aber unseren eigenen Rhythmus nicht verlieren, nicht alles aus Europa kopieren.«

Sie trafen sich häufig bei Koko, knabberten Chips und Erdnüsse. Manchmal konnte er ihn kaum verstehen, die Musik war so laut. Tesivi, die Verlobte von Koko, sprach noch leiser. Sie hatten so viele Diskussionsthemen, sprachen über Politik, über soziale Probleme, über ihre Ziele und Ambitionen und bisweilen auch über Musiktrends.

Tete erzählte von seinen Plänen und Träumen. Koko hörte zu, ganz konzentriert. Er war ein Freund, ein guter Freund, auch noch nach den vielen Jahren der Trennung. Koko blieb kritisch, aber selbst wenn er schwieg, fühlte Tete sich verstanden. Vielleicht weil er so gut zuhören konnte.

Am Abend vor ihrer Abfahrt hatten sie ihn besucht, nur ganz kurz, so war es geplant, aber wieder wurde es ein langer Abend. Koko saß mit Tesivi auf dem verschlissenem, blauen Stoff-Sofa, Suvi nannte er sie, Stern. Sie hatte einen kleinen Imbiss vorbereitet, Koko stellte die Musik lauter. Beide trugen ähnliche rote T-Shirts und Jeans. Tete und Angie waren ganz entspannt, es sollte kein Abend ernster Diskussionen werden.

Mitten beim Essen sprang Koko auf, tanzte zu der Musik, ganz allein, ausdrucksvoll, sein Hemd, seine schwarzen Stiefeletten betonten die kräftige, sehnige Gestalt. Etwas später tanzten sie alle, Suvi, Angie, Koko und Tete. Die Musik, der Tanz vertrieben alle Sorgen und Gedanken.

Tete freute sich auf Lomé, auf das erneute Treffen mit Koko, mit Akpo.

29

Kami war wirklich froh sie zu sehen. Es war spät, als sie sein Dorf erreichten.

»Ich hatte euch erst morgen erwartet.«

Die Nacht war kurz und erfrischend. In der Fühe weckte sie das tägliche Stampfen des Fu-Fus.

»In einem Dorf der Yoruba durchlebten wir eine schaurige, schlaflose Nacht des Sturms, des Gewitters. Leider sind zwei der schönen Musikinstrumente beschädigt, alles andere haben wir reinigen können, alles war schlammig, aber wir haben noch Glück gehabt.«

Tete erzählte von der Reise, von den Ängsten, von der Not der Kranken. »Ich hätte so gerne geholfen.«

Sie saßen schon am frühen Morgen in der kleinen Bar auf den schiefen Aluminiumstühlen und tranken Fruchtsäfte. Es war so etwas wie ein Heimkommen. Kami hörte aufmerksam zu. Dann aber lachte er.

»Ich habe eine Überraschung für euch.«

Und, als könne er es kaum erwarten, zeigte er auf seinen alten kistenartigen Schrank, in dem er Gläser verwahrte, und winkte Tete zu sich.

»Als ihr nach dem Norden fuhrt, habe ich weitergesammelt, einige alte Holzfiguren, Schnupftabakflaschen aus runden Kalebassen und Anschlagglocken aus unserer alten Tradition der Schmiedearbeiten, und …«, er zog den

Vorhang vor seinen Flaschen zur Seite, »… schaut hier einen schön geschnitzten Häuptlingsstuhl. Die Preise waren günstig. Den alten Brennofen kannst du auch erwerben, im Dorf stehen ja noch mehrere andere.«

Tete und Angie freuten sich, Kami war wirklich ein guter Freund.

»Komm zu mir in die Hauptstadt, sobald es möglich ist, ich brauche deine Hilfe, beim Aufbau der Ausstellung, beim Sortieren der vielen Schätze.«

»Willst du einen Turm besteigen, dann beginne von unten, Stufe für Stufe. Ich werde dir gerne helfen, Tete, aber erwarte nicht zuviel von mir, ich habe nicht deine Bildung.«

Sie schüttelten sich kräftig beide Hände.

Es wurde ein Tag der Ruhe, der Besinnung.

»Bleibt doch noch einen Tag. Morgen ist Vollmond, morgen ist die Nacht des Tanzes.«

Tete konnte, wollte nicht bleiben.

»Kami, leider habe ich Pflichten, Termine, und Angie muss in wenigen Tagen zurückfliegen.«

Etwas später, nach einigen Gläsern des schweren, süßen Palmweins, saßen Angie und Tete vor ihrer Hütte. Der Mond verschwand im Wolkenmeer, es war so dunkel, so friedlich, nur ab und zu Stimmen, die kamen, die gingen, gelegentlich meldete sich ein Hund. Angie sprach kaum an diesem Tag. Nun aber war sie Tete ganz nahe, so nahe, dass ihn ihr Duft, ihre Zartheit verwirrten.

»Tete, Kami ist ein guter Freund geworden. So wie Koko und Akpo in Lomé.«

»Da hast du Recht, ich bin froh, dass wir uns begegnet sind. Er hat verstanden, was und warum ich sammeln möchte. Dafür bin ich ihm wirklich dankbar.«

Angie spielte mit ihren Haaaren, setzte sich noch näher zu Tete.

»Dann können dir Kami und Koko beim Aufbau des Museums helfen, denn Akpo wird wohl wenig Zeit haben?«

»Ich hoffe das sehr, denn alleine schaffe ich es nicht. Es gilt Räume zu finden, alles dekorativ und informativ zu gestalten, dafür zu werben, und du weißt ja, ich muss mit meinem Geld sparsam umgehen.«

Sie sah ihn an, direkt in seine Augen.

»Ich weiß, Koko und Kami sind dir wichtig, das Projekt erfüllt dich, immer denkst du daran. Aber ...«, sie senkte ihren Kopf. Dann ganz leise: »Und Tete, mich hast du dabei nicht eingeplant?«

Fast klang es ein wenig eifersüchtig.

»Aber Angie, wie glücklich wäre ich, hätte ich dich bei mir, nicht nur für den Aufbau der Ausstellung.«

»Wie meinst du das?«

»Nun, wenn du bei mir in Lomé bleiben würdest. Aber ich weiß, du musst zurück nach Hamburg.«

Er sprach leise, ganz leise.

»Ich komme wieder, in den nächsten Semesterferien. Und dann, wenn mein Studium abgeschlossen ist, können wir in Ruhe über die Zukunft nachdenken. Für mich, für uns beide ist das eine große Entscheidung, ich liebe dein Land, gerade nach dieser Reise, ich könnte dir eine große Hilfe sein, gib mir etwas Zeit, ich fühle, ich habe noch nie einen Menschen wie dich kennen gelernt. Ich glaube, nein, ich weiß, wir könnten sehr glücklich sein.«

Sie lagen sich in den Armen. Es war Tete, der verschüchtert und nervös war.

30

Wieder war es Nachmittag. Die Straße erschien ihnen end-los. Buschland, Hitze, Staub und Dörfer, am Straßenrand saßen die Alten, plauderten, dösten, warteten.

Und dann kam der Wald, rechts und links der Straße. Die Luft wurde feuchter, es roch nach schwerem Waldboden, der atmete und keuchte. Es ging weiter, jetzt wieder etwas schneller. Tete fühlte eine tiefe innere Beziehung zu der Natur, dem Wald, den Pflanzen, den Tieren, alle schienen sich zu umschlingen, sich zu verführen, sich zu lieben. Angie schwieg, als ahne sie seine Gedanken.

Auf einem Hügel hielten sie an. Endloses Grün, zartes Grün der lichten Teakwälder, reglose, heiße Luft. Irgendwo sang ein Vogel, und dann herrschte wieder Stille.

»Angie, es war eine gute Reise, es war, es ist schön mit dir, es ist schön, zusammen Erfolg zu haben. Aber ich muss dir etwas beichten. Ich wusste das schon vor unserer Reise. Du bist überrascht? Ich hatte vorher nicht den Mut, dir das zu sagen, vielleicht hättest du mich missverstanden.«

*

Wenige Tage vor der geplanten Reise befragte Tete in Co-tonou, in Benin, nahe der Grenze zu Togo, einen der alten, weisen Babalawos des Yoruba-Stammes über Erfolg oder

Misserfolg der Reise. Babalawos, die Orakelpriester, galten als Väter uralter Geheimnisse, als Mittler zwischen den Suchenden und den rätselhaften geistigen Kräften, die über das Schicksal entscheiden.

Er ging alleine zu Sekoni, dem Babalawo, den schon sein Vater kannte. Gab es so etwas wie geheime Mystik, oder war es doch nur Aberglaube, psychologisch geschickt verpackt? Tete war unschlüssig. Sieben Jahre hatte Sekoni bei älteren Babalawos als Gehilfe gearbeitet, eine lange Ausbildung, viele mystische Texte mussten gelernt, mussten interpretiert werden.

Sekoni saß auf einer geflochtenen Matte auf dem festgestampften Boden seiner kleinen Wohnstube.

»Setze dich, mein Sohn, vernehme die heilige Weisheit Ifas, lausche seinem Urteil.«

Eine fast theatralische Gestik unterstrich seine Worte. Er trug ein langes blaues Gewand, sein Blick war gütig. Er sprach fließend Französisch. Tete war gefangen in einer eigenartigen, intensiven Atmosphäre. Das Orakel würde für sich sprechen, die Konstellation der Kolanüsse über Erfolg oder Misserfolg entscheiden, eine mystische Offenbarung, unterstützt durch die intensive Erfahrung des Priesters.

Zu ihm kamen nicht nur die wenigen, die dem traditionellen Glauben der Yorubas folgen, nein, zu ihm kamen vor allem die vielen Zweifelnden anderer Kulturen, alle jene, die wie Tete eine Antwort auf ein Problem erhofften, Ratschläge suchten.

Tete verbeugte sich vor dem Babalawo und legte bescheiden sein Geld vor dessen Füße.

Sekoni begann die Zeremonie mit einem klangvollen Preislied auf seine Götter, auf Olorun, den Schöpfergott, auf Orunmila, der einst das Ifa-Orakel schuf. Mit seiner Glocke rief er die Götter herbei.

Er nahm die sechzehn geweihten Palmkerne aus der kunstvoll geschnitzten Holzschale in seine linke Hand und versuchte, sie in seine rechte Hand zu werfen. Das gelang nicht bei allen Nüssen.

Abhängig von der geraden oder ungeraden Zahl der restlichen Palmkerne machte er Zeichen auf das mit Sand bestrichene Orakelbrett. Er wiederholte die Zeremonie viermal. Daraus ergab sich eine Kombination, die der Schlüssel zu einem Odu war, einer Legende, die in versteckter Form die Weissagung und Moral wiedergab. Um sie zu verstehen, richtig zu interpretieren, waren eine lange Erfahrung und viel Wissen notwendig, es gab so viele Odus, so viele heilige Orakeltexte.

Sekoni sang das Odu in Versform, uralter Ausdruck mündlicher Literatur, von Generation zu Generation überliefert. Tete bemühte sich ganz konzentriert, den verschlüsselten Andeutungen zu folgen, die Legende zu verstehen.

»Mein Blick geht nach vorne,
ich schaue zurück zum Wort,
Berge lassen sich nicht bewegen,
wirf Ifa für Orunmila.
Bist du in Not, so werfe Ifa.
Quälen dich Zweifel, so werfe Ifa.«

Das Orakel, angedeutet durch die Legende, stammte aus alter Zeit, aus Ila-Ife, in Nigeria, als dort Orunmila als Ifa-Priester am Hofe eines Königs wirkte.

Der König besaß einen wundersamen Affen mit zwei buschigen Schwänzen, der ihm Glück brachte. Als dereinst Orunmila mit dem Affen spielte, sprang dieser von Seite zu Seite, hoch in die Arme Orunmilas und wieder auf den

Boden, so lange, bis das dünne Seil riss, an dem er angebunden war, und der Affe entfliehen konnte.

Der König hörte von dem Missgeschick, war erbost und rief nach Orunmila.

„Fange den Affen, sonst wird es auch dein Schicksal, zeitlebens an einem Strick angebunden zu sein», bestimmte er.

Orunmila eilte in seine Hütte und fragte Ifa um Rat. Das Orakel aber forderte ein Opfer. Als es dargebracht war, sollte Orunmila als Jäger verkleidet in den Busch gehen, sich dort hinlegen und ganz ruhig warten. Also geschah es. Nach drei Tagen kam die Affenherde, tanzte um den reglosen Orunmila, der kaum zu atmen wagte – ›Der Jäger ist tot, der Jäger ist tot‹ –, und dann im Tanz, im Gekreische, im Trubel gelang es Orunmila, den Affen mit den zwei Schwänzen zu greifen.

Die Affenherde stob erschrocken davon. Orunmila aber zog den zweischwänzigen Affen an einem solideren Strick durch die Stadt zum König.

Der König war beschämt ob seiner Drohung und bat Orunmila durch Vermittlung des Ältestenrats um Vergebung. Orunmila wollte Frieden und Eintracht in Ile-Ife und verzieh dem König.

Tete spürte, dass das Orakel Mut und Geduld ausdrücken sollte.

Der Babalawo sprach: »Deine Reise wird dir Schwierigkeiten bringen, aber die Mühe lohnt sich, wenn du Geduld hast, wirst du zufrieden zurückkehren.

Zunächst aber musst du ein Opfer bringen, so wie es einst Orunmila erbrachte.«

Sekoni zeigte ihm eine Ziege als Opfertier. Tete könne sie sofort kaufen, und für ein kleines Zugeld sei er einverstanden, das notwendige Opfer für Tete auszuführen.

»Du kannst deine Reise beruhigt antreten. Ich werde das Opfer mit Gesängen begleiten, du aber wirst zunächst das Opfertier mit deiner Stirn berühren, damit die Magie wirksam wird.«

31

Dann, viel später, roch Tete das Meer, und er wusste, Lomé war nicht mehr fern. Jetzt ging es ihm nicht schnell genug. Immer wieder Polizeikontrollen. Brauste am Horizont schon die Brandung, die Kalema? Seine Zunge berührte die Lippen, er schmeckte das Salz der Meeresbrise. Er fuhr schneller, und dann kamen die Lichter und der Lärm, der Trubel der großen Stadt.

»Es ist noch nicht zu spät, Tete. Bevor wir deine Freunde, unsere Freunde, treffen, möchte ich frisch aussehen, duschen, und schau, meine Haare kleben, ich habe sie vernachlässigt, lange vernachlässigt.«

Wie weiblich, dachte er, sagte es aber nicht.

»Während du beim Friseur bist, warte ich auf dich. Später dann packen wir das Gepäck aus, ziehen uns um und besuchen Akpo, vielleicht auch Koko.«

Tete wartete in der Nähe des Friseurs mit den lustigen Schildern.

Er hörte Afro Rock und ging in die nahe Bar, um sich abzukühlen und etwas zu trinken. Es war laut und rauchig. Am Bartresen saßen einige Mädchen, ihr Parfum war aufdringlich, ihre Blicke fragend. Eine trug eine Hibiskusblüte im Haar. Er fühlte sich fremd, deplatziert. Diese Enge nach der Weite der Landschaft. Irgendetwas war falsch, war verlogen.

»Gehst du schon, warum?«

Augen schauten ihn an, hoffnungsfroh.

Die Tür des Friseurladens öffnete sich, eine europäische Frau kam heraus, mit einer Frisur, die fast wie ein Vogelkäfig aussah. Tete erschrak. Dann aber atmete er auf, es war nicht Angie.

Als dann Angie mit herzlichem Lächeln ihre neue Zöpfchenfrisur präsentierte, war er stolz und zufrieden.

Sie fuhren zu Akpo. Eine lange Fahrt, bis zum Stadtrand. Tete hatte Schwierigkeiten, den Weg zu finden. Sie hielten an, er erkundigte sich, höflich, erst nach dem Wohlergehen fragend, dann mühsam die widersprüchlichen Auskünfte sortierend.

Er fühlte sich müde nach der langen Reise. Dann aber, als Akpo ihn umarmte, seine Frau Lucienne in die Küche eilte und der kleine Yao nach Reiseabenteuern lechzte, entspannte er sich, entspannte sich auch Angie.

Sie hatten so vieles zu erzählen.

»In Kami fand ich einen neuen Freund. Er half mir beim Sammeln, er wacht über die vielen Schätze, die keinen Platz mehr im Auto fanden. Wenn hier alles geregelt ist, wird er mir beim Aufbau des Museums helfen.«

Tetes Gedanken reisten noch einmal von Dorf zu Dorf, aber im Norden, in dem armen Dorf, bei den Kranken und Bedürftigen, verweilten sie am längsten. Akpo verstand ihn.

Lucienne hatte einen kleinen Imbiss vorbereitet, den sie in Ruhe genossen. Dann aber spürte Tete erneut die Müdigkeit der langen Fahrt, das Gespräch schien an ihm vorbeizugleiten.

»Ein andermal.«

Angie war froh darüber.

32

Am nächsten Nachmittag besuchten sie Koko.

»Ende nächster Woche hast du einen wichtigen Termin, Tete. Der Direktor unserer alten Schule möchte dich als Mathematiklehrer einstellen.«

Der Alltag überrollte ihn.

Tete kaute eine Kolanuss, gab eine Hälfte an Koko, als Zeichen ihrer alten Freundschaft.

Dunkle Wolken, wie finstere Berge, phantastische Formen, Dunkelheit am Nachmittag, und dann kam der Sturm, vom Land aufs Meer hinaus, Bananenstauden zitterten. Staub, rötlicher gelber Staub, wirbelte auf den verdorrten Wegen, Wolken, die immer schneller zogen, schwarz vor grauem Himmel.

Der Himmel färbte sich eintönig grau, Konturen verschwanden, orkanartiger Regen peitschte über Wege, über Straßen, Dächer vibrierten. Der Himmel grollte, Donner übertönte Windböen. Irgendwo krächzte fast verloren ein Transistorradio.

Der große Regen hatte Lomé erreicht.

Sie tranken Cola. Angie genoss die Stimmung. Sie saßen nebeneinander, Angie und Tesivi, plauderten ungezwungen, so als würden sie sich schon seit Jahren kennen. Der überdachte Balkon bot Schutz vor Nässe. Noch eine Böe, die Wolken rissen auf, Sonne flutete zwischen den Wolkentürmen.

»Ich brauchte lange, um Französisch zu lernen, wir wurden geradezu dressiert, Koko bestand darauf, ich durfte ihn nicht enttäuschen.«

Angie war wissbegierig, Fragen über Fragen.

»Und verzeih, ich weiß ja nicht, wie es bei euch üblich ist, wird es eine Liebesheirat?«

Tesivi war verlegen, diese großen, fragenden Augen, sie musste hineinsehen, fast hypnotisiert, sie musste antworten, reagieren. Es fiel ihr so schwer.

»Natürlich kannten wir uns, von der Mittelschule, bevor Koko studierte. Dann kam die Zeit der Trennung. Auch unsere Familien kannten sich. Wir trafen uns nur noch selten, sehr selten. Es war so schwierig, ich hatte Angst, Koko zu verlieren.

Eine Ehe auf Probe, nein, das wollte ich auch nicht. Eine Freundin hat das akzeptiert, dann aber kam das Warten auf ihr Kind, erst das Kind würde die Erlösung bringen. Weißt du, das frisst Lebenskraft, viel Lebenskraft. Koko musste sparen, es war eine harte Zeit. Nun wird er endlich den Brautpreis aufbringen können.«

»Den Brautpreis?«

»Missverstehe mich nicht. Wir werden nicht gekauft. Es ist so etwas wie ein Symbol, damit wird den Schwiegereltern Respekt erwiesen, natürlich ist es auch eine Art der Kompensation für die verlorene Arbeitskraft der Frau, so wird es vor allem auf dem Lande gesehen. Und vergiss nicht, die Frau wird damit zu einer Kostbarkeit für den Mann, die er gut behandeln muss, immer gut behandeln sollte.«

Sie lachte verschmitzt zu Koko hinüber.

Das Wetterleuchten ließ das flimmernde Licht erzittern.

Koko spielte leise Reggae-Musik, Klänge von Linton Kwesi, von Rico Rodriguez und dann eine CD aus Frankreich mit Rockmusik von Jimmy Hope. Für eine Weile erfüllte nur der Klang der Musik den Raum.

»Tete, ich helfe dir bei deinem Museum, wir alle helfen dir. Wir könnten zunächst hier in der Nähe einen oder zwei kleine Räume mieten, das wäre ein bescheidener Beginn. Lasst uns planen und überlegen, wir haben keine Eile. Auch ein kleiner Faden ist nützlich, solange man keinen großen findet. Aus einem Kern kann ein Obstbaum entstehen.«

Die Musik, die Hilfsbereitschaft inspirierten Tete.

»Du hast Recht, auch meine Sammlung ist noch bescheiden, soll aber schnell wachsen. Aber wir können Fotos zeigen, von Dörfern, von Zeremonien, von Tänzen, davor platzieren wir dann Figuren, vielleicht auch Masken, komplett mit Gewändern.«

Angie ließ sich so leicht begeistern.

»Darauf projizieren wir dann Lichteffekte, dann tanzen deine Masken, dann lebt dein Museum. Dazu gehört natürlich auch Musik, authentische Musik.«

»Eine kleine Band sollte spielen, vielleicht Kami und seine Freunde, wir brauchen Live-Musik aus allen Regionen des Landes. Wir könnten Kultstätten nachbilden, in einem dunklen Raum geschickt beleuchten, dazu stellen wir Figuren, Masken, Kalebassen und Musikinstrumente.

Ich weiß, nur Schritt für Schritt lässt sich das alles realisieren.«

Angie war unruhig, wollte zu Wort kommen.

»Tete, erinnerst du dich der vielen Töpfe und Keramiken, die ich ausgesucht habe? Wir könnten ein Lehmgebäude nachbilden und rundherum die Keramiktöpfe stellen, schön geordnet nach ihren Ursprüngen. Und damit die

Besucher die Unterschiede auch in Ruhe erkennen, stellen wir daneben eine Bank zur Besinnung.«

»Dazu gehört dann auch der Schmiedeofen aus dem Dorf von Kami, wie wichtig sind doch die Schmiede und ihre Magie.«

Sie würden zunächst alles sorgfältig katalogisieren, Zeichnungen der Räume erstellen, systematisch die Raumaufteilung planen. Gemeinsam war das alles zu schaffen, auch als Nebenbeschäftigung.

Später dann kam auch Akpo, regennass. Sie aßen Obst, Bananen und Ananas, sie hörten Musik, moderne Musik. Koko ließ immer wieder neue Klänge ertönen, die neueste CD »Oyaya« von Angelique Kidjo aus Benin, Ju-Ju Musik von King Sunny Ade aus Nigeria, Musik aus Togo von Afia Malla und King Mensah Ayaovi Papavi.

»Ich glaube an neue Klänge, immer wieder werden neue Klänge entstehen, auch Klänge, die wir heute noch nicht ahnen, nicht nur Variationen, nein, ein neuer Klangkosmos mit einem eigenen Rhythmus.«

Dann stellte Koko die Musik lauter.

»Möchtet ihr ein Kaugummi?«

Das Kaugummi schmeckte nach Pfefferminz.

»Es passt so gar nicht zur Cola.«

»Vielleicht doch lieber Erdnüsse?«

Schweigend pellten sie die Nüsse.

Die Luft wurde stickiger. Sie stellten den Ventilator an, setzten sich davor, dann aber doch wieder an die Seite. Fliegen, Moskitos surrten um die nackte Leuchtstoffröhre, das Fliegenfenster war beschädigt, Koko vergaß es immer wieder zu reparieren. Als dann die Musik aufhörte, verblüffte die plötzliche Stille.

Zum Abschied sagte Akpo: »Angie, Tete, morgen Nach-

mittag und morgen Abend seid ihr unsere Gäste, Lucienne
wird einige Leckerbissen für uns vorbereiten.«

33

Akpo holte sie in ihrer Pension ab, mit seinem alten roten Renault.

Eine lange Fahrt, ein beleuchtetes Ladenschild »Paradies der 100.000 Schuhe«, moderne Verwaltungsgebäude, aus offenen Geschäften dröhnte überlaute, verzerrte Musik, Merengue-Klänge vermischten sich mit Afro Rock, aus Garküchen krochen verlockende Düfte.

Akpo trug einen langen, bequemen Grand Boubou, strahlend weiß, um den Hals trug er eine angenehm duftende Wurzelkette der Moba. Er schien gelöster als sonst, weniger ernst.

»Lucienne hat euch etwas Typisches gekocht.«

Da wo sie schließlich hielten, hatte die Stadt fast ländlichen Charakter. Das Haus war klein und eng, und überall schienen Verwandte zu stehen, zu liegen, zu sitzen. Musik und Stimmen schwirrten durcheinander.

Yao, der siebenjährige Sohn von Akpo, den sie am ersten Rückreisetag getroffen hatten, saß in einer Ecke des Raumes und machte seine Hausaufgaben. An der Wand hingen Poster von Fußballmannschaften aus Kamerun, aus Mali, aus dem Senegal. Angie und Tete hatten für Yao einen großen Kasten mit Buntstiften mitgebracht. Sie saßen auf kleinen Holzschemeln.

»Wir schlafen fast immer draußen im Hof, nachts wird es

frischer, ohne Licht stören die Insekten nur selten, es gibt uns auch ein Gefühl der Freiheit, der Weite.«

Lucienne, seine joviale, füllige Frau, trug ein langes geblümtes Wickelkleid. Sie kannten sich aus einer anderen Zeit, von einem anderen Ort. Erinnerungen flackerten auf, Erinnerungen, die irgendwo im Kopf vergraben waren.

Als Willkommensgruß reichte sie eine Kalebasse kühlen Wassers. Aus der Küche drangen heiße, würzige Düfte.

»Willkommen, Angie. Willkommen, Tete, willkommen, du bist also nicht verloren wie der Regen im Dschungel. Träumst du noch wie früher, liebst du noch die Blumen und Geister, sprichst du mit den Pflanzen? Ich habe ein kleines Chop für euch bereitet. Der Rauch vertreibt die Bugg-Buggs, die Insekten der Nacht.

Bitte steh nicht so herum, Tete, lang zu, und du, Angie, so heißt du doch? Seid mir willkommen. Wenn Akpo singt, so singt er euer Lob. Seid willkommen. Wie ihr seht, leiden wir keine Not, nicht wie früher. Denn wenn die Hand keine Arbeit hat, bleibt der Mund leer.«

So viele Jahre waren vergangen. Als Kinder hatten sie zusammen gespielt, Tete und Lucienne. Ihre Hütten waren benachbart, Tete erinnerte sich langer, unbeschwerter Tage. Später dann trennten sich ihre Wege. Tete besuchte die High-School, Lucienne lernte Akpo kennen, sie zogen nach Lomé. Für Akpo, für Lucienne begann eine schwere Zeit. Akpo studierte Medizin, sie waren von finanzieller Hilfe abhängig, und ihre Eltern waren arme Bauern. Dann aber half der Vater von Tete, jeden Monat überwies er einen kleinen Betrag.

»Und, Tete, wenn du es wieder besuchst, dein Dorf, unser Dorf, grüße deinen Vater, grüße ihn, er half uns in der Not, jetzt ist er auch unser Vater, grüße ihn.«

Lucienne war temperamentvoll und gastfreundlich. Das »kleine Chop« erwies sich als Festmahl: scharf gewürztes Fleisch, Kenke aus Mais, Fu-Fu, leckeres Chili Huhn Djecoume, viele duftende Ingredienzen, Obst und Süßigkeiten, Botokoin – kleine, süße Teigballen, Verlockungen über Verlockungen.

Das trübe Licht schwankte, dunkel, wieder hell, im Takt der Stromschwankungen. Akpo nahm es gelasssen.

»Auch das ist eine Auswirkung der Landflucht. Wasser und Strom sind knapp.«

Akpo aß geschickt mit der rechten Hand, auch Yao aß im Stehen. Lucienne nötigte sie, mehr zu essen. Angie bemühte sich, es den anderen gleichzutun. Dann reichte Lucienne eine kleine Schüssel, damit sie sich die Hände waschen konnten.

Sie tranken Bier, Benin-Bier, eisgekühlt. Akpo spielte eine CD nach der anderen, als leise Hintergrundmusik.

Als sie zurückfuhren, war es spät geworden.

»Lebt wohl und kommt wieder. Und schlaft gut, denn wenn man schläft, träumt man auch. Und können Träume nicht schön sein?»

Akpo fuhr sie zurück, mit voll aufgeblendeten Lichtern. Es schien niemandem zu stören.

Und dann in der Pension: »Angie.«

»Ja, Tete.«

»Ich wollte nur deine Stimme hören.«

Sie lächelte, ihr ganzes Gesicht strahlte. Er nahm sie wortlos in die Arme, sie fühlte seine Männlichkeit, seine Vitalität.

34

Der nächste Tag, Nachmittag, es hatte wieder geregnet, kurz und heftig, der heiße Dunst schlich entlang der Häuserfronten, die Palmen hatten Regentropfen getrunken.

Nur noch wenige Tage, dann musste Angie zurückfliegen, Tete wollte ihr noch etwas von der Stadt zeigen, die modernen Verwaltungsgebäude, die Märkte, den großen Fetischmarkt in Akodessewa, auch den kleinen, höchst originellen Flaschenmarkt, wo tüchtige Frauen gebrauchte Flaschen verkauften, die sie vorher gründlich säuberten.

Die Stadt roch nach Gewürzen, nach Schweiß. Die Hitze kletterte in die Straßen, in die Gassen ohne Schatten. Eine frisch bemalte weiße Mauer hatte große feuchte Flecken. Hupende Autos, Hundegebell, Transistorradios versuchten sich gegenseitig zu übertönen. Temperamente, die kochten, flimmernde Luft, so warm, dass sie nur noch bedrückte.

Alles, was einst grün war, erschien gelblich, es müsste noch lange regnen, bis frisches Grün wiederbelebt würde. Die Bougainvillas wirkten ermüdet, Flamboyant-Bäume ließen scharlachrote Blüten fallen.

Angie fiel ein hübsches junges Mädchen auf, barfuß, ihre Schuhe auf dem hoch erhobenen Kopf balancierend. Sie war so grazil, gazellengleich.

»Aber sie hat so große, traurige Augen.«

Tete beschloss, auch die Kunsthandwerkszentren zu besuchen, dort wo die Touristenware entstand.

In einem kleinen Raum hockten die Schnitzer. Fest gestampfte Erde. Nur im ersten Moment erschien es dunkel, nach dem gleißenden Licht des Nachmittags. Er verabscheute diese aufdringlichen Verkäufer, dieses »hardselling«, noch aggressiver, sobald man Angie sah. Überall wurden ähnlich stereotype Figuren geschnitzt, jeder war auf eine Position, einen Körperteil spezialisiert, keine wirkliche Kreativität, gute Handwerker, nicht mehr.

Aber dann lohnte sich der Besuch doch noch.

Ganz bescheiden in einer Ecke saß ein noch sehr junger Schnitzer, der nicht einmal den Kopf hob, als sie näher kamen. Er arbeitete an einer Figurengruppe, mit Hingabe das Werk gestaltend, langsam, sorgfältig, Figuren, die Kraft atmeten. Hier war echte Kreativität, ohne Götter und Dämonen.

Tete schaute fasziniert zu, auch Angie blieb stehen. Der Aufseher eilte herbei.

»Er lernt noch, aber sein Werk ist originell, sehr originell.«

Und dann: »Ich gebe euch einen guten Rabatt.«

Hier war ein wirklicher Künstler, der sich weit entfernt hatte von dem, was die Tradition vorschrieb, der um den Ausdruck rang, fern der Rationalität. Tete hatte intensiv zugeschaut. Was hatte der Aufseher gesagt: »Ich gebe euch einen guten Rabatt« – als ob es darauf ankäme.

Tete erkannte, dass die Arbeit dieses jungen Menschen gefördert werden müsste.

Und damit bekam dieser heiße Nachmittag seinen besonderen Sinn. Museale Stücke, das sollte nicht nur Geschichte sein. Angie hatte Recht.

Sie kauften die wenigen Stücke, die er bislang fertig gestellt hatte, alle, ohne zu feilschen. Sein Name, seine Anschrift, auch sie wurden notiert. Angie führte für Tete ein Notizbuch mit sich, fast schon ein Foliant, in Kunstleder eingebunden, mit Namen, Adressen, Bemerkungen: Das darfst du nicht vergessen.

»Lass uns ein Bier trinken.«

Eine kurze Fahrt und dann die Enge der Stehbar. Es roch nach Tabak. Und immer glichen sich die Themen, der gleiche Rhythmus, die Mühsal des Tages, der zur Neige ging, die Tagespolitik.

Er verstand nicht alle Dialekte. Der Wirt schien müde, er war gereizt, es war noch zu heiß.

Angie war hungrig.

»Möchtest du auch gegrillten Fisch essen? Lass uns gehen.«

Der Nachmittag wuchs in die Nacht, Silhouetten wurden zu Schattenspielen. Wieder hob das Grillenkonzert an, wie von stiller Hand inszeniert. Sie fuhren direkt in ein schönes, aber teures französisches Fischrestaurant an der Marina am Meer.

35

Ein neuer Tag, später Nachmittag, aber noch zu heiß für Angie, Tete würde allein am Strand laufen und sie später in der Markthalle treffen.

Er schlenderte zum Strand, am Fischmarkt vorbei und an den schwarzen Ständen, wo Holzkohle gestapelt war.

Tete lehnte sich an eine der hohen Kokospalmen, er roch das Meer, die Brandung toste. Er zog seine Schuhe aus und spürte den feuchten Sand. Er atmete tief, lief der Gischt entgegen, blieb kurz stehen und schrie voller Lebensfreude in die Wellen. Ihm war, als reinige er sich von innen.

Er lief am Strand, nahe der Dünung, er lachte, laut, immer wieder, das salzige Wasser spritzte in sein Gesicht, er fühlte sich glücklich, befreit und gleichsam geborgen, die warme, feuchte Luft ummantelte ihn.

Plötzlich, wie ein Blitz, erschienen längst vergessene Kindheitstage und diese verdrängten Erinnerungen, der heilige Teich mit großen grünen Krokodilen, die besonders verehrt wurden, sagenumwoben, Schrecken und Wunder zugleich. Tete und seine Freunde wagten sich nur heimlich zum Teich, nicht weil ein Tabu sie hinderte, sondern weil der Weg so unheimlich war, schmal, sumpfig, verschlungen, ein Dorado der Geister.

Gab es früher mehr Geister als heute, schreckten auch sie vor dem Lärm, dem Gestank der modernen Zivilisation zurück? Mieden sie die Stadt? Oder war er einst ängstlicher, dem Ursprung näher, enger verbunden mit der Gemeinschaft von Menschen, Tieren, Pflanzen, Leben?

Und es war ihm, als bliebe trotz aller Bildung, trotz seiner Reisen und Diskussionen die alte magische Welt erhalten, die Brücke zur Schöpfung. Er ahnte, dass es so sein sollte, dass es so gut sei.

Tete war allein mit sich, mit dem Meer, den Erinnerungen, die wie Wolkenschleier kamen und gingen.

Ein anderes Land, eine andere Zeit.

Die Abende mit den Kommilitonen in Paris, die vielen schönen Stunden mit Angie. Er hatte immer das Thema Politik gemieden, ganz bewusst. Rassismus? Sicherlich, man sprach darüber, er war ihm selten begegnet. Und wenn doch einmal, tat es weh, richtig weh.

Plötzlich spürte er sie wieder, die Angst, an jenem Abend in Paris, kurz nachdem er in Frankreich angekommen war. Graue, triste Häuserfassaden, Schritte, die die Stille brachen, ein Schatten, er spürte das spöttische Lachen, er fühlte überrascht die fremde Spucke im Gesicht. »Wasch dich endlich.«

Dann wieder Stille, irgendwo bellte ein Hund, diese Gänsehaut auf seinem Rücken, Panik, schnell, er musste zur Hauptstraße. Ein Polizeiwagen heulte, irgendwo, viel zu weit, dann aber wurde es heller, besser beleuchtet, hier liefen Menschen, keiner beachtete ihn.

Die Zeit verdrängte die ersten Eindrücke. In Hamburg dann, viel später, waren da nur am Anfang Fahrgäste, die sein Taxi mieden, später wurden sie immer seltener.

Deutsch hatte er gelernt, neben dem Studium, anstrengende Abendkurse in Paris, und dann, als er zu Angie nach Hamburg fuhr, lange mühsame Stunden in der Sprachschule an der Heimhuder Straße. Aber er hatte es geschafft, konnte sich recht gut verständigen. Er hatte sich durchbeißen müssen, um sein Pädagogikstudium in Paris abzuschließen, und den Mut gehabt, Angie nach Hamburg zu folgen. Welch gute Entscheidung.

In Hamburg versuchte er immer wieder eine Anstellung als Mathematiklehrer zu finden, das müsste doch möglich sein, mit seinem Prädikatsexamen. »Aber wissen Sie denn nicht, wie viele deutsche Lehrer lange auf eine Chance warten müssen?« Er fühlte sich gedemütigt. Er hatte doch so lange Deutsch gelernt. Es nützte nichts.

So saß er denn viele Nachmittage mit Angie oder mit anderen Afrikanern im »Querbeet« in der Bahrenfelder Straße und studierte den Hamburger Stadtplan. Schließlich fuhr er Taxi, meistens in der Nachtschicht. In den Wartezeiten übte er unregelmäßige Verben.

Einen Teil des ersten in Hamburg verdienten Geldes sandte er per Western Union an seinen Vater. Aber ehrlich berichten, was er wirklich tat, konnte er nicht, auch nicht seinen Freunden, seinen beiden älteren Brüdern, seinem Onkel.

Immer mehr reifte in ihm der Entschluss, irgendwann einmal in Lomé zu leben, dort zu unterrichten. Nur das konnte seine Berufung sein. Und dort müsste sich doch auch ein Platz für Angie finden lassen.

Später Nachmittag im »Querbeet«, es regnete sanft, die Stoffplanen boten Schutz, kalt war es nicht. Angie kam spät, sie hatte noch im Supermarkt eingekauft. Sie tranken einen Milchkaffee, dann einen zweiten. Tete erzählte von seinem Heimatland. Angie hörte ihm zu, ganz konzentriert. Könnte sie sich vorstellen, einmal dort zu leben? Wenigstens einige Jahre?

Angie zog die Stirn kraus. Das tat sie immer, wenn sie nachdachte.

»Du siehst so besonders sexy aus.«

Angie lachte.

»Aber Tete, erwartest du nicht zu viel von mir? Ich kenne dein Land doch nur aus deinen Erzählungen und aus Berichten, die ich in der Bibliothek las. Aber vielleicht sollten wir irgendwann einmal nach Togo reisen.«

Tete lief am Rande der Brandung. Sein Kopf war so klar, so rein. War das die wahre Freiheit?

Immer wieder erwachten Erinnerungen. Da waren auch ganz seltsame Begegnungen.

36

Cotton Club in Hamburg, nahe des Großneumarktes, Spätsommerabend. Es hatte geregnet, ein trüber Abend. Er ging mit Angie die neun gut beleuchteten Stufen hinunter, drückte sich zur Seite, der feuchte Mantel eines Mannes streifte seinen grünen Pullover. Er sah den Mann nicht, der Mantelkragen war hoch geschlagen, das Gesicht fast verdeckt, er roch nach Whiskey.

Tete schüttelte sich, zahlte den Eintritt, sie setzten sich an einen der braunen Holztische mit sechs schwarzfarbigen Stühlen und grünen Polsterkissen. Tete war zum ersten Mal hier, Angie kannte den Jazzclub. Länglicher, niedriger Raum, gedämpftes Licht, verstärkt durch die Kerzen auf den Tischen. Langsam füllte sich der Club, auch die schmalen Sitzbänke an der linken Seite waren besetzt.

Die schwedische Band pausierte. Der Saxophonist hatte sich einen Kaffee geholt, er lachte Tete zu. Als er zur Bühne zurückging, streifte sein regenfeuchter Ärmel die Lehne der Stühle. Dann kamen auch die anderen Musiker, ein unmelodisches Stimmen, kurz danach vibrierte der Raum im Hot Jazz Rhythmus.

Tete blickte diskret um sich, viele ältere Herren, auch an der Bar, drei oder vier jüngere Paare, später wurden es noch mehr, man trank Bier oder Wein. An der Bar unterhielten sich zwei Amerikaner, laut, mit viel Pathos. Tete betrachtete die Galerie alter Fotos an den Wänden, alles wohl Bands und Solisten, die hier einst auftraten.

Das Paar am Nebentisch beachtete sie nicht, die blonde Frau hatte ihren Kopf an die Schultern ihres Begleiters gelehnt, ganz eingefangen vom Klang der Musik. Tete bestellte Bier.

Der junge Mann grinste, als er sich zu Angie und Tete an den Tisch setzte, wohl Mitte bis Ende zwanzig, langes, welliges brünettes Haar, Vollbart, seine Jacke war leicht abgestoßen, zerfranst. Er trank Weißwein, schnell, fast hastig.

Die Musiker schwitzten, immer schnellere Rhythmen, sie begeisterten sich an der eigenen Musik, der Trompeter schlug den Takt auf den Knien, zweimal, dreimal.

Der junge Mann wurde plötzlich gesprächig, so als habe man ihn geweckt.

»Wissen Sie, was Glück ist?«

Er war wohl doch nicht so ernst, wie er wirkte, seine Augen konnten strahlen. Tete liebte das Lachen. Für einige Akkorde übertönte die Kapelle seine Stimme, dann aber sagte er: »Zu kämpfen, zu siegen, dieses Pendeln zwischen Verzweiflung und Leidenschaft, zwischen dem vergeblichen Streben nach Vollkommenheit und dem Neid ob des Erfolges der Freunde, ja, ich habe gerungen, nach Ausdruck, nach Farbe.«

Seine Stimme wurde ruhiger, fast gesetzt.

»Ja«, sagte er und nach einer Pause: »Ich habe heute ein Bild verkauft.«

Sein erstes? Es schien so.

Tete gratulierte ihm, bestellte ihm ein Glas Wein, für sich selber ein weiteres Bier. Angie schwieg, trank sehr langsam. Der kleine Raum war nur noch Klang.

Und dann ganz unvermutet zu Tete: »Kennen Sie Ogbu?«

»Ogbu?«

Tete schaute ihn fragend an.

»Den Maler Ogbu, meine ich.«

»Nein«, und fast entschuldigend: »Künstler treffe ich selten.«

»Aber Ogbu ist doch Afrikaner wie Sie.«

Er traute sich nicht zu bemerken, dass mehrere tausend Afrikaner in Hamburg leben.

»Ogbu, ich verstehe ihn, ich bewundere ihn, ein Genie.«

Und dann ein wenig abrupt: »Sind Sie Senegalese?«

Warum nur so viele Europäer vermuteten, dass er aus dem Senegal oder von der Elfenbeinküste stammte …

»Nein, aus Togo.«

Der Fremde stellte sich nicht vor.

»Sie müssen Ogbu kennen lernen, er hört auch gelegentlich Jazz, vielleicht kommt er auch in diesen Club. Gewiss, er ist fahrig, seine Wohnung überhäuft mit Andenken, kostbaren und kitschigen, alles verstaubt, denn niemand putzt dort, und Ogbu vergisst das auch meistens. Er hat eine alte Mundharmonika, spielt sehr schön.

Stundenlang fährt er mit den falschen Zügen, bis ihn die Panik packt und er sich helfen lässt, meistens, wissen Sie, von jungen Damen. Aber er ist wirklich ein Genie.«

Er beteuerte das immer wieder, so als ob Tete das bestritten hätte.

»Ein Genie, glauben Sie mir.

Früher, ja, da verglich er seine Bilder bewusst mit denen minderwertiger Künstler, einfach um im Vergleich besonders gut abzuschneiden. Seine Staffelei steht neben seinem Bett. Kommt ihm während der Nacht eine besondere Erleuchtung, ein innerer Drang weiterzumalen, steht er auf und malt, und malt. Jahrelang kämpft er um das Bild, um seinen ureigenen Stil.

Und dann, irgendwann letzte Woche, hat er es gemalt, sein Meisterwerk. Er wusste, dass es schön war, mehr als schön, seine ganze Seele war darin offenbart, in Figuren, in Gestalten, in Farben, im Empfinden. Seine Gedanken, seine Gefühle wurden Form, Materie, Realität, unsagbare Harmonie wie kristallene Wassertropfen im ersten Sonnenstrahl.

Dann aber kam die Angst, die Angst sich selbst und seine Seele anderen zu offenbaren, das konnte nicht sein, durfte nicht sein. Wie im Rausch zerstörte er sein eigenes Meisterwerk. Wie gerne hätte ich es gesehen, oh, wie kann ich ihn verstehen.

Er ist ein Genie, Ogbu, merken Sie sich den Namen.«

Die Musik wurde immer lauter, oder kam es ihm nur so vor?

Dann, vollkommen überraschend, stand er auf, ohne Gruß, und ging zum Ausgang.

Tete und Angie waren verblüfft. Sie trafen ihn nicht wieder.

Niemanden, den er fragte, kannte Ogbu. Eine Episode, nicht mehr. War er es vielleicht selber, ein Pseudonym, wählte er einen afrikanischen Namen, weil Tete Afrikaner war?

Aber Tete konnte den Namen nicht vergessen, Ogbu, das Genie.

Später dann, draußen, war die Luft so klar, fast transparent, er drückte Angie sanft an sich. Dann konnte er sich nicht beherrschen, drückte sie fester.

Es hatte aufgehört zu regnen. Zu später Stunde saßen sie vor einem der italienischen Restaurants am Großneumarkt und aßen Spaghetti.

*

Und dann waren da die vielen schönen Abende in Ottensen, ihre kleine Wohnung, farbenfroh, einfach, aber liebevoll eingerichtet. Eine orangefarbene Gardine verdeckte den Blick in den Hinterhof.

Angie kaufte afrikanische CDs, sie war überrascht über die große Auswahl in vielen Geschäften. Da waren auch Abende, an denen Tete melodische Töne aus seiner Flöte zauberte. Die Abende waren lang und doch so kurz und glitten wie im Taumel in den nächsten Tag. Häufig aber war der Nachmittag nur kurz, zu kurz, da Tete des Nachts Taxi fahren musste.

Tete erlebte ganz bewusst den Wechsel der Jahreszeiten, für ihn immer wieder ein besonderes Erlebnis, noch immer fühlte er das neue Erwachen. Im Sommer, an milden Abenden oder sonnigen Nachmittagen, liebten sie das »Cliff« an der Außenalster, die Schwäne, die Ruderer, das leise Plätschern des Wassers am Steg. Zeit der Sehnsucht, Zeit des Suchens.

Und dann wurde ihnen auf einmal bewusst, dass sie beide zur selben Zeit den gleichen Träumen nachgingen. Nur wenige Worte. Sie kamen sich näher, ahnten einander. Es war eine Zeit des schwebenden Tanzes, des Träumens, aber auch des fröhlichen Übermuts.

Gelegentlich, selten, ging Angie mit Tete am Sonntagmorgen in die St. Marien Domkirche in der Danziger Straße, auch sie war katholisch. Hier suchte und fand er Antworten, innere Ruhe, hier fühlte er die Kraft des Glaubens im Gebet, im Miteinander, Choräle statt Trommelwirbel.

Er fühlte, dass dies der einzige Ort war, in dem die Zeit sich selber fand, in dem er sich jeder Minute seines Daseins bewusst wurde. In ihm wuchs eine tiefe Befriedigung, so als löse sich ein innerer Zwang. Das Raunen der Menge umfing ihn wie Schwüle, der Weihrauch verstärkte die Atmosphäre.

Angie bemerkte seinen Talisman.

»Du trägst deinen Fetisch auch in der Kirche?«

Tete fasste an seinen Gürtel, wie verstohlen strich er über den magischen Talisman, den Gbo, der ihn auf der Reise schützen sollte. Die kleine eiserne Alimagba-Figur war ihm so selbstverständlich geworden, etwas, das ihn immer begleitete, tröstete, Kraft verlieh.

Bevor er die Heimat verließ, hatte Amegavi, der Weise, die Figur in einer schlichten, mystischen Zeremonie in geheimnisvollen Blättern gewaschen, um ihr Energie zu verleihen. Tete wollte nicht darüber sprechen. Das Amulett war nun Teil von ihm, es störte nicht, auch nicht in der Kirche.

Er wusste nicht, ob Angie ihn verstand. Jetzt, nach den Wochen in Afrika, dem Erleben vieler Zeremonien, vielleicht ein bisschen besser.

Es war doch kein Fetisch, nur ein Talisman, keine Ersatzreligion. Er wusste sehr wohl, dass Papst Johannes Paul II. vor einer Symbiose des christlichen Glaubens mit den Naturreligionen warnte, als er mit den Priestern des Gottes des Regenbogens am Togosee disputierte.

Und dann erinnerte er sich des Afrika-Festes Ende August, da spielte eine 8-Mann-Band aus Togo mit 3 Tänzern in Phantasiekostümen auf der Ottenser Hauptstraße. Tete ließ sich vom heimatlichen Rhythmus mitreißen, er tanzte vor der Bühne, zusammen mit anderen Afrikanern verschiedener Nationalitäten, zusammen mit deutschen Frauen, die afrikanische Wickelkleider trugen, und temperamentvollen afro-deutschen Kindern.

Angie versuchte zaghaft einige Schritte, dann ließ auch sie sich von der Musik begeistern.

Am späten Nachmittag probierte Angie gebratene Yams-Bananen an einem der kleinen afrikanischen Imbissstände, die ihr überraschend gut schmeckten.

Sie trafen noch häufiger Immigranten aus Togo, gelegentlich spielte eine Musikgruppe bei besonderen Messen im Kleinen Michel.

*

Er erinnerte sich des Nachmittags, als der erste Schnee in Ottensen fiel. Im »Querbeet« schüttelten sie sich den Schnee von den Mänteln. Der Mokka war süß und stark. Vielleicht war es überheizt, aber sie fühlten sich wohl und geborgen.

Atsu saß etwas gebeugt, so als müsse er seine kleine, kräftige Statur abstützen. Seinen Mantel hatte er aufgeknüpft, mit der Winterjacke musste ihm warm sein.

»Einen Cognac bitte«, eine hohe, ernste Stimme. Sie hatten ihn noch nie dort gesehen, obwohl sie so häufig kamen.

Angie fand sofort heraus, dass er noch nicht lange in Deutschland weilte und auch nicht lange bleiben würde. Aber er kannte sich gut aus.

Früher, da sei er zur See gefahren, hätte Motoren repariert und einmal sogar den Schiffschronometer. Geschickte Hände habe er schon immer gehabt. Da sei er dem Kapitän aufgefallen und galt hinfort als so etwas wie das mechanische Genie an Bord. Mitte zwanzig sei er gewesen, ledig und ungebunden, abenteuerlustig und sprachgewandt.

Eines Tages, bei einem Landgang in Lomé, habe er gehört, dass eine Importfirma einen vielseitigen Feinmechanker suche. Nun, da habe er abgeheuert und sei hängen geblieben.

Dann kam das Ingenieurstudium und immer wieder kürzere Reisen, zu Kursen und Seminaren. Für ihn schien alles so einfach, so selbstverständlich zu sein.

»Ich fahre so oft ich kann nach Deutschland, auch nach Frankreich. Als Spezialist darf ich den Anschluss nicht verlieren.«

Und etwas später: «Immer hier bleiben, hier leben, nein, warum? In meinem Land werde ich geachtet, die Freunde, die Sippe, ich weiß, wo ich hingehöre. Zweifel? Die hatte ich nur in meiner Studienzeit. Und mit Politik beschäftige ich mich nicht.«

Sie tranken noch einen Kaffee, einen Cognac.

»Einfach, nun einfach ist es auch nicht für mich. Wir alle leben im Kraftfeld des Zwiespalts, hier unsere alte Tradition, dort der Stress und die Kälte der Stadt, unser Ringen nach Identität. Du glaubst, das sei nur dein Problem? Aber lieber Freund, wir alle müssen kämpfen, wach sein, aktiv.

Vor den Alten knien, nur weil es die Tradition so will? Warum? Auch sie wissen oder ahnen, was draußen passiert. Die Zeit bleibt nicht stehen, die Uhren gehen nur langsamer. Menschliche Werte, sie sind so wichtig wie erlernte. Knien, nein, aber respektvoll den Kopf senken, ja.«

Atsu blieb sachlich.

»Also wisst ihr, die Zimmerprobleme in Paris können schon katastrophal sein.«

Sie hatten schnell einen vertraulichen Ton gefunden.

Und dann erzählte er von seinem letzten Abenteuer. Sein Zimmer buche er immer sehr frühzeitig. Nie habe er ein Problem gehabt, nun, da wurde er eben leichtsinnig. Außerhalb der Touristensaison brauche er wohl nicht zu reservieren. Abends kam er an, müde nach dem Flug, durch den Klimawechsel.

Und dann, als müsse er sich schämen: »Enge Treppe, der Aufzug funktioniert selten. Für mich ist es dort schon fast eine familiäre Atmosphäre, und die Wirtin kenne ich seit Jahren. Nur morgens ist sie noch so verknittert.

Abends dagegen kann man stundenlang mit ihr plaudern. Ihr Alter? Schwer zu schätzen. Sicherlich hat sie viel durchgemacht, gute und schlechte Zeiten. Wie das so ist in der Großstadt.«

Er schwieg für Minuten. Draußen wirbelten Schneeflocken.

»Sie wollte mich nicht abweisen: ›Monsieur Atsu, Sie können doch das Badezimmer nehmen. Wissen Sie, das Etagenbad im 2. Stock. Ich werde es Ihnen nett herrichten.‹«

Sie gab sich Mühe, ein dickes Kopfkissen in der Wanne, eine Matratze, zwei Wolldecken, es ging ganz gut. Nur der Preis verbitterte ihn, es war eben doch nicht der Komfort eines Zimmers.

Später wälzte er sich von einer Matratzenseite zur anderen, es war wie in einem schwankendem Boot, schließlich siegte die Erschöpfung.

»Ich wachte auf, meine Glieder schmerzten, ich war verkrampft, steif, nur langsam kam ich zu mir. Die Dielen knarrten, das Haus ist alt, die Wirtin meinte, da ließe sich nichts machen.«

Sie trafen Atsu mehrfach, er blieb fast eine ganze Woche in Hamburg. Immer plauderte er, leicht, unkompliziert, von seinen Reisen, von schrulligen Kollegen, ein Pendler zwischen den Welten.

Die breite braune Hornbrille setzte er nie ab. Seine Krawatten, immer ein wenig zu grell, waren sorgfältig gebunden. Aber warum nur bevorzugte er zitronengelbe Farben, die nicht immer passten, schon gar nicht zu dem gestreiften Jackett?

Von London erzählte er, einem Transitaufenthalt in einem dieser großen, unpersönlichen Hotels in Heathrow. Seinen Anschlussflug hatte er verpasst, musste übernachten, aber die Fluggesellschaft hatte alles arrangiert, das Hotel, den Transport. Es war spät, das Hotel wirkte schläfrig.

Ein älterer Herr stand am Empfang.

»Also das ist eine Überraschung, sie kommen aus Togo!«

Atsu schaute ihn verwundert an.

»Ich war lange dort, kenne alle Minister.«

Und er lud ihn zu einem späten Drink an die Bar ein. Sie tranken jeder zwei Whiskeys, pur, on the rocks. Er merkte erst, dass der Empfangschef nicht mehr neben ihm saß, als der Barmann die Rechnung präsentierte. Er sei doch Gast des Empfangschefs. Der Barmann lachte. Atsu wartete. Seinen neuen Freund sah er nirgends. Es wurde spät, er war so müde.

Als der Manager kam, brauchte er nicht lange zu berichten. Einen kleinen Bart, heller Anzug, braune Krawatte, braune Schuhe – ja, das sei er gewesen. Überall Gelächter. Zum Glück war er der einzige Gast in der Bar.

Dann kam die Erklärung. Als der Empfangschef kurze Zeit in seinem Büro war, kam der Leiter der Wäscherei durch das Foyer, sah ihn und nahm die Gelegenheit wahr. Er trinke so gerne, sagte der Manager, natürlich nur nach Feierabend, deshalb Jacke und Krawatte, in seinem Beruf sei er aber sehr tüchtig.

Nun, er brauchte seine Drinks nicht zu bezahlen und gut geschlafen habe er auch.

Als Atsu abreiste, mit dem Versprechen, bald wiederzukommen, vermissten sie den lustigen Plauderer. Und immer, wenn der Name Atsu fiel, war es ihnen, als wäre es wieder Winter und der Wind pustete den Schnee von den Ästen der Bäume.

*

Dann kam da jener Abend, als Angie noch weicher, noch anschmiegsamer war. Und ganz plötzlich, als sei es ganz selbstverständlich, sagte sie: »Tete, ich komme mit, ich werde meine Semesterferien in deinem Land verbringen.«

Nur das. Aber in diesen Worten schwang ein endloser Kosmos der Erfüllung und des Glücks.

37

Es wurde spät, Angie wartete schon ganz ungeduldig in der Markthalle.

Tete atmete die frische Brise. Als der fast volle Mond die Landschaft in silbriges Licht hüllte, sah er weiße Krebse über den Sand huschen. Ihn umfing der sanfte, warme Abend.

Angie hatte sich ein Taxi genommen und bummelte ganz allein, mit viel Muße, über den Markt. Inmitten der flachen Bauten mit rostigen Wellblechdächern stand die moderne Markthalle, eine nüchterne, zweckmäßige Schöpfung aus Beton.

Fast ein Fremdkörper, wäre da nicht das bunte Markttreiben gewesen, die temperamentvollen, fülligen Marktfrauen in ihren farbenfrohen Kleidern, liebevoll und ein wenig neidisch »Nana Benz« genannt.

Mit schwungvoller Gestik priesen sie ihre Waren an, Gemüse, Yamswurzeln, Pfefferfrüchte, Zwiebeln, Kolanüsse, Ginsterwurzeln, Bananen. Es roch nach Fleisch, nach Fisch, nach Gewürzen.

Inmitten des Chaos herrschte Ordnung, alles hatte seinen Platz. Da waren die Getreidehändler und im ersten Stockwerk die resoluten, aber herzlichen »Nana Benz« Textilverkäuferinnen. Angie musste aufpassen, dass ihre Einkaufstasche nicht unaufgefordert mit Waren gefüllt wurde.

Am Rande des Marktes saßen die stolzen Bäuerinnen aus den Dörfern der Umgebung und versuchten, ruhig und höflich ihr frisches Gemüse anzubieten.

Scharen kleiner Kinder spielten, tollten, rauften, blieben aber immer in der Nähe der Verkaufsstände, so als seien sie Teil eines organisierten Kinderhortes.

Der Manager des Marktes, von den Ältesten gewählt, war Organisator, Berater, Vater des Marktes, des bedeutenden Markt-Clans. Auf ihn hörte man, er war die Autorität. Als Tete endlich kam, fand er ihn im Gespräch mit Angie.

»Auch wir haben unsere Probleme, alte Werte verblassen. Die Verführung ist einfach zu groß. Bist du arbeitslos, entwurzelt, fern der Sippe, auf dich selbst angewiesen und doch eigentlich nicht mehr du selber, weil das Moderne dich einfängt, die Flipperautomaten, die Videospiele, das Internet – wie schnell nimmst du dir dann etwas, das nicht dein Eigen ist.«

Und dann fügte er, etwas leiser, hinzu: »Wisst ihr, hier bei uns tönen keine Tam-Tams mehr.«

Der Lebenskampf, der Überlebenskampf, vom Westen importiert, assimiliert, hier wurde er deutlich. Supermärkte eröffneten nahe des Marktes. Jeder kämpft um das Geschäft, jeder braucht den Erfolg. Immer schnelllebiger wurde die Zeit.

Wo ist die Ruhe der Alten?

Jugend auf Motorrädern, Sonnenbrillen als Ausdruck des neuen Selbstbewusstseins.

»Verkennt nicht die Entwurzelung, gleich Heuschrecken ohne Flügel, das Problem der Übervölkerung urbaner Zentren, der vielen Jugendlichen ohne sinnvolle Arbeit, die Entfremdung. Hier bieten sie dir Kaffee statt Kolanüsse. Bist du nicht erfolgreich, meidest du dein Heimatdorf, bist du es aber, verfällst du der Verführung der Stadt.«

Angie blieb optimistisch.

»Gibt es nicht Kultur-Clubs, Folklore-Vereine, die Tänze, alte Rituale und Gebräuche bewahren?«

»Ja, natürlich, aber nur in der kleinen studentischen Schicht. Die Masse hat nur Zeit zu kämpfen, von Stunde zu Stunde, Tag für Tag.«

Mit einem der vielen Renault-Taxis fuhren sie zu einem kleinen alten Restaurant, aßen typische Gerichte mit einer Vielfalt von Soßen, die Tete zunächst probierte, bevor er sie bestellte.

Angie hatte so vieles zu erzählen, neue Eindrücke zu vermitteln. Eine Galerie hatte sie gesehen, nicht weit vom Markt, ungewöhnliche Gemälde aus unkonventionellem Material, auf Pappe, auf Papier, auf Baumwolltuch, moderne ausdrucksstarke Plastiken.

Ja, da waren auch kleine Läden mit Erinnerungsbildern an Verwandte, alle ähnelten einander, gemalt von Handwerkern, die die dargestellte Person nicht kannten, nicht gesehen hatten, nicht einmal ein Foto. Da waren auch ältere Friseurschilder, einige wahre Meisterwerke naiver Malerei in individuellem, frischem Stil, auch diese sollte das Museum zeigen.

Die Idee einer separaten Abteilung zeitgenössischer Kunst reifte, nahm immer konkretere Formen an.

Gab es nicht so etwas wie einen Gegenfluss, ein Fließen hin und zurück? Afrika hatte die französischen Fauves, die deutschen Expressionisten beeinflusst, mit seinen Masken, seiner ungebrochenen Vitalität, seiner Ekstase, seinen Tänzen.

War es nicht so, dass die moderne europäische Kunst, die starken Farben, der neue Ausdruck, auch wiederum den Weg zurück nahm, zurück in die afrikanischen Städte, ein immer noch lebendiger, wenn auch überwiegend unbewusster wechselseitiger Kulturaustausch?

Nicht nur einige der ursprünglichen Schildermalereien waren sammelnswert, nein, auch viele moderne Gemälde der Jugend, Resultat einer langen Entwicklung. Tete dachte an Fofo und Bouges, Söhne des großen, traditionellen Voodoo-Künstlers und Fetischpriesters Agbagli Kossi, denen es gelang, sich von der kultischen Aura ihres Vaters zu lösen, um einen eigenen zeitgenössischen Stil zu finden.

Hatte nicht schon Picasso gesagt: »Man braucht lange, um jung zu werden.«

»Weißt du Angie, ein Sprichwort sagt, dass jeder Tanz mit Pfeifen beginnt, Schritt für Schritt müssen wir die Sammlung aufbauen, jeder Erfolg hat einen Anfang.«

Angie brannten die Lippen von den ungewohnt scharf gewürzten Speisen mit reifem, schwarzem Pfeffer. Das Benin-Bier dämpfte das Brennen.

Tete fühlte sich ihr nahe, sehr nahe. Ihre Augen blitzten, Sehnsucht wallte auf. Er spürte immer mehr, wie sehr er sie brauchte, nicht nur heute, auch morgen.

38

Angie blieben nur noch zwei Tage bis zu ihrem Abflug. Die Stunden zerronnen viel zu schnell. Sie traf sich mit Tesivi zu einem späten Frühstück, Kaffee, warme Croissants, die Brasserie war wenig besucht, so konnten sie in Ruhe plaudern.

»Du kommst doch bald wieder?«

»Ich muss noch mit Tete darüber sprechen. Im Herbst habe ich wieder Semesterferien.«

Angie wollte noch einige Souvenirs kaufen, Tesivi würde ihr dabei helfen.

»Anschließend möchte ich dir ein Gebäude zeigen. Koko sprach heute früh darüber. Es steht leer, ein kleines, schmales Haus, in einer engen, ungepflasterten Gasse. Es liegt zentral, nicht weit vom Zentralmarkt. Koko sagte, es sei sehr gepflegt, gut beleuchtet, und die Miete wäre nicht hoch. Vielleicht eignet es sich für euer Museum, zumindest in der ersten Phase. Wir können es kurz besichtigen, du kannst später Tete davon berichten.«

Angie war neugierig.

Tete hatte ein Gespräch mit seinem Schuldirektor. Angie wollte er dann erst gegen Abend treffen. Bis dahin blieb ihr noch viel Zeit, Stunden mit Tesivi, aber auch zum Packen ihrer Koffer.

Das Vorstellungsgespräch war kurz und freundlich, die

Schule brauchte dringend einen Mathematiklehrer für die oberen Klassen, Tete war qualifiziert und passte gut in das Kollegium. Der Schuldirektor war etwa 40 Jahre alt und hatte moderne Ansichten.

Tete freute sich, er hatte sich das alles viel umständlicher und langwieriger vorgestellt. Ein bescheidenes Gehalt, nun, viel hatte er auch nicht erwartet. Es war ein Anfang. So wurden sie sich schnell einig. Und schon im nächsten Monat könnte er beginnen.

Tete fuhr mittags zu Koko, um ihm zu danken, er hatte das Gespräch arrangiert. Koko freute sich, so bliebe Tete also endgültig in Lomé.

»Heute, ganz früh, bevor ich in die Bank fuhr, rief mich ein Herr Arndt an, du hast ihn wohl vor vielen Monaten getroffen, er sei in Lomé und würde sich über deinen Anruf freuen. Hier schau, ich habe seine Telefonnummer, Dr. Richard Arndt, er wohnt im Mercure Hotel Sarakawa.«

Damit hatte Tete nicht gerechnet. Hatte er ihm im Museum in Paris die Telefonnummer von Koko genannt? Tete rief das Hotel an, er erreichte Dr. Arndt sofort, sie verabredeten sich für den Nachmittag.

Sie trafen sich im Bena Grill, dort wurde Fassbier ausgeschenkt, auch gab es bajuwarische Gerichte, vielleicht würde das die Atmosphäre auflockern. Tete hatte gemischte Gefühle, neugierig und vorsichtig zugleich.

Dr. Arndt hatte sich kaum verändert, Tete erkannte ihn sofort, ging auf ihn zu, begrüßte ihn förmlich. Er trug ein kurzärmeliges blaugestreiftes Hemd, glänzend polierte Schuhe, er war braungebrannt, so als käme er direkt aus dem Urlaub. In seinem Hotel gäbe es ein Schwimmbad, sagte er. Auch Tete hatte sich sorgfältig gekleidet, das hob sein Selbstvertrauen und dämpfte seine Nervosität.

»Als wir uns in Paris trafen, wusste ich nicht, dass wir so etwas wie Kollegen sind, mit ähnlichen Zielen. In vielen Orten redeten die Alten von Ihnen. Als ich von meinen Plänen sprach, glaubten viele, dass wir für das gleiche Museum sammeln. Denn Sie waren ja häufig schneller als ich, haben Sie eine Privatsammlung oder kaufen Sie für andere, handeln Sie vielleicht sogar mit kunstgewerblichen Objekten?«

Klang aus seinen Worten ein Vorwurf?

Richard Arndt kam sofort auf das Thema zu sprechen, Tete war froh darüber.

»Ja, Sie müssen überrascht sein. Das verstehe ich. Ich bin nur ein Lehrer, der hier in der Stadt ein neues Museum plant, nicht in Deutschland oder Frankreich. Mein Ziel ist, unsere eigenen Traditionen zu bewahren, es ist nur ein bescheidenes Projekt, eine private Initiative.«

Dr Arndt blickte ihn freundlich an.

»Ich erzählte ihnen bereits in Paris, dass ich eine Sonderausstellung über Westafrika plane. Für unser Museum ist das nur ein mittelgroßes Projekt, aber ich bin um Authentizität bemüht. Deshalb reise ich, nicht nur, um unsere eigene Sammlung zu ergänzen, sondern auch um die Mentalität, die Traditionen besser zu verstehen.

Da habe ich natürlich noch viele Fragen, trotz umfangreichen Literaturstudiums und vieler Diskussionen mit Kollegen. Vielleicht können Sie mir helfen.«

Tete atmete auf, wie befreit, Dr. Arndt war wohl doch kein wirklicher Konkurrent. Sicherlich hatten sie ähnliche Interessen, aber in einer sehr unterschiedlichen Umwelt. Das Gespräch könnte für sie beide neue Anregungen bringen, befruchtend wirken.

Dr. Arndt hatte sich offenbar sehr intensiv mit dem westafrikanischen Kulturraum beschäftigt.

»Ich war noch mehrfach in Paris, auch in dem eindruckvollen Musée du Quai Branley, von dem Sie sicherlich gehört haben – einer der kulturellen Höhepunkte von Paris! So konnte ich auch mit französischen Kollegen diskutieren, neue, andere Gesichtspunkte kennen lernen. Die Bibliotheque Nationale war eine wahre Fundgrube für die Kultur der frankophonen Länder Afrikas. Seitdem wir uns in Paris trafen, habe ich auch noch andere Ausstellungen afrikanischer Kunst und Gebräuche besucht.«

Sie saßen an einem kleinen, quadratischen Tisch, tranken Bier, Hunger verspürten sie noch nicht.

»Ich möchte in zwei Stufen vorgehen, zunächst mit einer Sonderausstellung, um auch dem unbefangenen Besucher die afrikanische Kultur näher zu bringen. Später dann könnte unser Museum eine permanente Afrika-Abteilung erhalten.

Ich denke dabei nicht nur an stereotype Schaukästen. Ich möchte die Exponate moderner, lebendiger präsentieren, so wie ich es gelegentlich in anderen Ausstellungen sah.«

Das Licht flackerte, dann verstummte auch die Klimaanlage, die Luft wurde stickig, alle Fenster wurden geöffnet, die leichte Seebrise schaffte einen Hauch von Abkühlung, die Kerzenlichter zitterten.

Richard Arndt nahm die Situation mit Humor. Das Gespräch stockte für Minuten. Aber es dauerte nicht lange, dann wurde es wieder hell und kühl. Sie tranken ein zweites Bier.

Sie diskutierten über regionale Traditionen und historische Einflüsse. Auch Dr. Arndt hatte erkannt, dass Eile geboten war.

»Afrika ist im Umbruch. Alte Traditionen werden vergessen. In vielen Dörfern, die ich besuchte, kannten nur noch die Ältesten die besonderen Überlieferungen. Das Fernsehen, das Internet verändern Prioritäten, die städtische Kultur drängt immer mehr in die Dörfer. Aber noch ist es nicht zu spät.«

Tete stimmte ihm zu.

Er wollte mit Dr. Andt vor allem über die praktische Seite sprechen, darüber, wie die Ausstellung aufgebaut werden sollte. Von einer solchen Diskussion erhoffte er sich neue Anregungen für sein eigenes Projekt.

Tete erläuterte: »Ich möchte etwas Neues, Lebendigeres kreieren, um die afrikanischen Besucher wirklich zu interessieren. Das ist gar nicht so einfach. Wissen Sie, bei uns erwartet man weniger Belehrung, vielmehr will man vor allem unterhalten werden.

Gute Präsentation ist wichtig, aber diese möchte ich ergänzen mit Live-Musik, Trommeln, Bellaphonen, vielleicht sogar gelegentlich mit Dichterlesungen, soweit es sich dabei um interessante Episoden oder humorvolle Darstellungen handelt. Es soll spannend werden, für alle Besucher, auch für Dorfbewohner oder Schulklassen, ein kulturelles Zentrum, aber nicht zu anspruchsvoll.

Sollten größere Besuchergruppen kommen, könnte ich singen, ich habe eine recht gute Stimme, so lassen sich beispielhafte Klangerlebnisse verschiedener Regionen vermitteln.«

Dr. Arndt kommentierte: »In Deutschland kann ich so etwas natürlich nicht realisieren. Aber an Hintergrundmusik von Bändern habe ich auch schon gedacht, vielleicht ergänzt durch orale Literatur, in den verschiedenen lokalen Sprachen. Damit könnte ich eine besondere Atmosphäre vermitteln.«

»Immer, wenn wir etwas besonders Schönes oder Originelles hörten, hat Angelika in verschiedenen Dörfern die Musik und manchmal auch die Sprache aufgenommen. Sprache ist die eigentliche Kraft, die Energie. Wussten Sie, dass das kleine Togo 45 verschiedene Volksgruppen hat und etwa 40 Sprachen, eine so große Vielfalt, die auch nur wenigen Leuten in Lomé bekannt ist?«

»Ich wäre Ihnen dankbar, wenn ich einige dieser Bänder kopieren dürfte.«

Tete war damit einverstanden.

Auch Dr. Arndt hatte viele Ideen. Eine raffinierte Beleuchtung schaffe eine ganz besondere Atmosphäre, flexible Beleuchtungen an den Decken, Schauvitrinen so groß, dass sie optisch verschwinden und die Ausstellungsstücke mit dem Raum verschmelzen lassen. So könnten Figuren in einem sakralen Raum stehen, selbst kleine Objekte geradezu kolossal im Raum schweben.

»Die Exponate haben zwar ihren eigentlichen sakralen Charakter verloren, sie sind ja nur noch Objekt, die Geister verschwunden, aber dennoch müssen sie respektiert, geachtet werden. Sie sind ein Beitrag zum menschlichen Genius.«

Auch die Geschichte dürfe nicht zu kurz kommen, Fotos und Karten könnten diese verdeutlichen. Und um die Geldgeschichte zu zeigen, schlug Dr. Arndt vor, viele Beispiele auszustellen, von den ungewöhnlichen Donnersteinen über Kaurimuscheln bis zu modernen Geldmitteln.

Inzwischen wurden sie hungrig, bestellten Bratwürste mit einer scharfen Soße. Dr. Arndt nannte die Orte, die er besucht hatte. Fast immer hätten sie in kleinen Gasthöfen übernachtet, die Entfernungen im Land seien ja nicht groß, und ein Gasthof oder ein Hotel ließe sich fast überall finden. Es war nicht immer bequem, aber sie konnten trotzdem gut schlafen. Seine Begleiter aus Lomé waren anspruchslos, und besonders verwöhnt sei er auch nicht.

Togo war seine letzte Station, vorher hatte er Ghana und Benin bereist. Eine zuverlässige Speditionsfirma, von Kollegen in Deutschland empfohlen, hatte versprochen, alle Sammelstücke zu verpacken, nach Deutschland zu versenden und vorher die Ausfuhrgenehmigungen und Zollformalitäten zu erledigen.

»Das ist nicht so schwierig, wie ich befürchtete, vielleicht deshalb, weil ich nur wenige echte Antiquitäten sammeln konnte.«

Sie tranken noch ein Bier. Tete wurde lockerer, erzählte von seinem Pädagogikstudium in Paris, von den Monaten in Hamburg, sogar von der Zeit als Taxifahrer, und natürlich von Angelika.

Dann sprachen sie wieder über ihre Projekte.

Dr. Arndt kam mit einem überraschenden Vorschlag: »Was halten Sie davon: Wir könnten doppelte Sammelstücke tauschen, um beide davon zu profitieren. Ich fahre erst in drei Tagen zurück, da bleibt genügend Zeit, alles zu sichten und zu sortieren.«

Der Vorschlag gefiel Tete. Er freute sich auch, als Dr. Arndt ihn einlud, sein Museum zu besuchen, als sein persönlicher Gast.

»Sehr gerne, wenn mein Projekt weiter fortgeschritten ist. Es verschlingt leider viel mehr Geld, als ich plante. Aber das ist wohl immer so.«

Tete lachte.

»Können Sie nicht Sponsoren finden?«

»Das ist schwierig, ich werde es versuchen, aber mein Land hat andere Prioritäten und Sorgen.«

In zwei Tagen, nach der Abreise von Angelika, könnten

sie sich erneut treffen, um eventuelle Duplikate zu tauschen. Richard Arndt fuhr zurück in sein Hotel, Tete hatte es eilig, Angie alles zu erzählen.

Als er sie traf, war Tesivi gerade zurückgefahren. Tete sprach begeistert von seinem Treffen mit Dr. Arndt.

»Ich hatte nicht mehr das Gefühl, mit einem Konkurrenten zu sprechen, im Gegenteil, ich glaube, wir werden gut zusammenarbeiten.«

Auch Angie hatte viel zu erzählen, von ihrem Tag mit Tesivi, von dem Haus, das zu vermieten war. Koko hatte ihm noch nichts davon erzählt. Morgen würde er es zusammen mit Angie kritisch anschauen, vielleicht böte sich hier eine gute Chance. Für Tete ging das alles viel schneller, als er erwartet hatte.

Der Abend gehörte nur ihnen. Wo waren die Wochen geblieben? Aber nein, an diesem Abend wollten sie nicht rührselig werden, sie versuchten, den Gefühlen zu entfliehen, die Stunden zu genießen, gut zu essen und die halbe Nacht zu rhythmischen Klängen zu tanzen. Sie waren glücklich miteinander, glücklich im Einklang mit der Musik. Tete sagte nur: »In Afrika gibt es ein Sprichwort: Wenn du am glücklichsten bist, sieht dich Gott.«

39

Zeit des Abschieds.

Sie saß ganz nahe neben ihm, Tete rückte noch enger zu ihr, ihre Gefühle, ihre Gedanken verschmolzen. Tete wollte einen sentimentalen Abschied vermeiden, es fiel ihm so schwer. Immer wieder dachte er an das alte Sprichwort: Der Zahn vermag zwar zu lachen, aber dem Innern des Bauches ist es ganz anders zumute.

»Kami kommt übermorgen nach Lomé, dann werden wir gemeinsam die weiteren Schritte besprechen. Und morgen treffe ich mich mit dem früheren Mathematiklehrer, der jetzt in den Ruhestand geht, um mich auf den Unterricht vorzubereiten. Auch für Dr. Arndt muss ich noch viel Zeit finden.«

Sie saßen im Bistro, tranken Kaffee, ein heißer, schwüler Tag. Angie trug bereits ihre Reisekleidung, Jeans, eine hellblaue Bluse. Ihre warme Jacke hatte sie auf einen Stuhl gelegt, sie durfte sie nicht vergessen, in Hamburg erwartete sie im April noch kühles Wetter.

»Angie, ohne dich hätte ich das alles nicht geschafft. Ein Auge mag noch so groß sein, aber zwei sehen besser.«

»Es war eine wunderschöne und interessante Zeit, deine Ziele wurden zu meinen Zielen, und so soll es bleiben. Erinnerungen und Träume werden mich begleiten.«

»Und wann kommst du wieder nach Togo?«

Angie hatte noch zwei Semester bis zu ihrem Examen, ein arbeitsreiches Jahr.

»In den Semesterferien fahre ich zu dir. Ich freue mich schon jetzt darauf, die Reise muss ich bald arrangieren. Und jede Woche telefonieren wir, immer am Sonntag, das wird billiger. Ich werde bescheiden leben, um für die nächste Reise zu sparen.«

Sie versuchten einander Mut zu machen. Was blieb, waren strahlende Erinnerungen und die Hoffnung auf morgen.

Tete fuhr mit ihr zum Flughafen, ein modernes, nüchternes Gebäude. Aber welche Menschenmenge! Unabsehbare, bunte Gruppen, Familien, Freunde begleiteten ihre Angehörigen. Angie hatte Mühe, sich durch die aufgeregte, wuselige Menge zu schlängeln. So blieb nur wenig Zeit, ein kurzes Umarmen, ein heißer Kuss. Wie gerne wäre sie geblieben.

Tete trug die Koffer zum Abfertigungsschalter.

»Du hast aber noch viel eingekauft.«

Aus den Lautsprechern tönten laute, kaum verständliche Durchsagen. Die Abfertigung am Schalter war effizient und sachlich.

Der Abflug war abends kurz nach 22 Uhr, ein Nachtflug mit der Air France, morgens ganz früh würde sie in Paris, »Charles de Gaulle«, landen, bis zum Anschlussflug nach Hamburg war der Aufenthalt nur kurz. Angie war nervös, obwohl sie schon häufig geflogen war. Es war gut, dass sie ihren Sitzplatz bereits in Hamburg reserviert hatte.

Ihre Tränen kamen erst im Flugzeug …

Zum Autor

Olaf Müller-Teut war als Exportleiter eines großen Industrieunternehmens und als Repräsentant eines europäischen Konzerns mehrere Jahrzehnte in Asien und Afrika tätig. Dabei hat er viele Länder kennengelernt und sich mit fremden Mentalitäten und der Kultur und Geschichte der Menschen vor Ort intensiv auseinandergesetzt. Seine vielfältigen Erfahrungen und Erlebnisse finden Niederschlag in seinen Romanen.